CONTOS DE ENCANTAMENTO

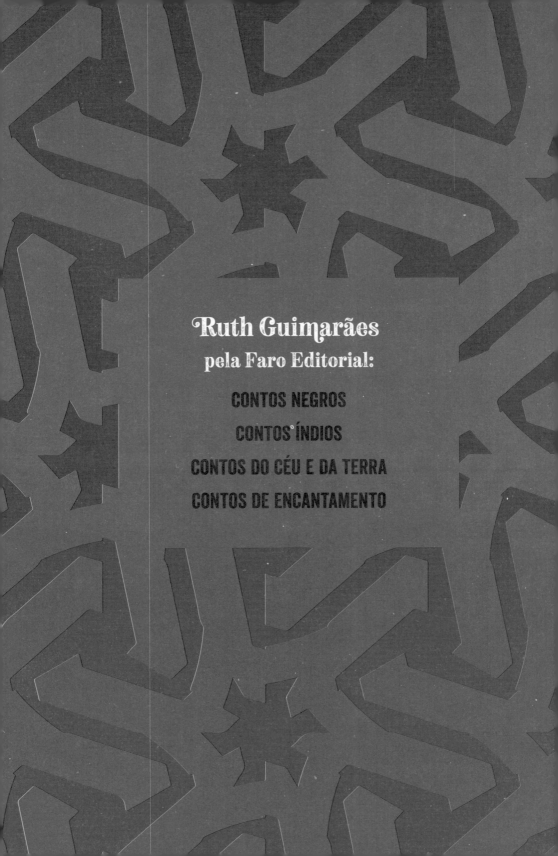

Ruth Guimarães
pela Faro Editorial:

CONTOS NEGROS
CONTOS ÍNDIOS
CONTOS DO CÉU E DA TERRA
CONTOS DE ENCANTAMENTO

Ruth Guimarães

CONTOS DE ENCANTAMENTO

COPYRIGHT © FARO EDITORIAL, 2025
COPYRIGHT © HERDEIROS DE RUTH GUIMARÃES, 2025.

Todos os direitos reservados.
Nenhuma parte deste livro pode ser reproduzida sob quaisquer meios existentes sem autorização por escrito do editor.

Diretor editorial **PEDRO ALMEIDA**
Coordenação editorial **CARLA SACRATO**
Assistente editorial **LETÍCIA CANEVER**
Revisão **BÁRBARA PARENTE**
Capa e diagramação **VANESSA S. MARINE**
Imagem de capa **ROMAN CHAZOV | SHUTTERSTOCK**
Imagens internas **OKING, ALEXANDER RAKOV, SASHKOVNA E MEOW_MEOW | SHUTTERSTOCK**

Dados Internacionais de Catalogação na Publicação (CIP)
Jéssica de Oliveira Molinari CRB-8/9852

Guimarães, Ruth
   Contos de encantamento / Ruth Guimarães. -- São Paulo : Faro Editorial, 2025.
   224 p. : il., color.

Bibliografia
ISBN 978-65-5957-726-2

1. Contos brasileiros I. Título

24-5420   CDD B869.3

Índices para catálogo sistemático:
1. Contos brasileiros

1ª edição brasileira: 2025
Direitos de edição em língua portuguesa, para o Brasil, adquiridos por FARO EDITORIAL

Avenida Andrômeda, 885 — Sala 310
Alphaville — Barueri — SP — Brasil
CEP: 06473-000
www.faroeditorial.com.br

Sumário

Prefácio — Júnia Guimarães Botelho   13
Histórias de explicar o mundo   21

HISTÓRIAS DE ENCANTAMENTO   33
Artes de Branca-Flor   35
As peneiras do diabo   55
O sargento de pau   63
Os dois papudos   75
A pombinha e a Moura-Torta   87

HISTÓRIAS DO NÚMERO TRÊS   101
Explicação talvez (des)necessária   103
As três irmãs   109
O Príncipe Papagaio   117
A Princesa Sapa   129
História de três irmãos e de três cavalos   139
Os três irmãos e o rei cego   155

HISTÓRIAS DA MITOLOGIA   169
O Bom Gigante   171
Prometeu e Pandora   177
A leste do sol e a oeste da lua   185
Eros e Psiquê   199

Referências bibliográficas   235

PREFÁCIO

A vida precisa ser encantada!

*Júnia Guimarães Botelho**

A vida precisa ser encantada!, disse Ruth no documentário *Somos todos sacys*, realizado por Rudá K. de Andrade e Sylvio Rocha.**

Encantar lembra: poções, sortilégios, feitiços e feiticeiros, bruxos, demônios, anjos, receitas e saberes mágicos, magia, rituais, cura para as dores, poder, bênçãos, maldições, fé, crença.

* Júnia Guimarães Botelho é a filha caçula de Ruth Guimarães. Tradutora e professora, é uma das fundadoras e atual diretora-executiva do Instituto Ruth Guimarães.
** Documentário disponibilizado na internet, neste endereço eletrônico: https://vimeo.com/11609651.

Em momentos de pandemia, acreditar e ter fé seja no que for é o que se procura. Fé em uma cura, fé em transformações. As transformações de Branca-Flor. E, assim, encontrar seu caminho, sua voz, seu lugar, para se encantar e ser feliz. E em seguida ser útil e compartilhar sua luz, seu conhecimento, seu saber-ser. Ruth disse que tinha aprendido com os franceses o significado da palavra *"partager"*. Acredito que ela sempre soube, porque compartilhar foi o que sempre fez. Corajosa, dividiu. Parafraseando Mark Twain: ela não sabia que era impossível, então foi lá e fez.

Para os alunos, para os amigos, para os leitores. Nunca abandonava uma ideia, preferia mudar as estratégias. Seu maior projeto era encantar vidas. Não perguntava o que as pessoas precisavam, pois sabia; despertava nelas a vontade de aprender e de criar. Ajudava a fazer desabrochar talentos, a fazer aparecer trilhas, a criar espaços — sua magia se chamava incentivo. Se cada um estivesse bem colocado, realizado, estaria transformado, portanto: encantado.

O mundo evolui. Está globalizado, interconectado, interdependente, mas não tem mais capacidade de renovar seus recursos naturais com a mesma velocidade com que a população se multiplica. Ruth previu isso e, pois, não economizou os recursos criativos, os distribuiu e semeou.

— Papai vem aí — avisou a moça. — Atire para trás o punhado de cinzas.

• PREFÁCIO •

> O moço assim fez e logo se formou um nevoeiro baixo tão espesso como uma cortina. Não se enxergava nada. O diabo andou daqui, dali, pererecando, até que conseguiu passar. Quando estava pertinho outra vez, o moço, a mando de Branca-Flor, atirou o sabão. Formou-se um atoleiro de tijuco preto, tão grudento que o diabo suou para escapar. Saiu dele enfezado, e foi outra vez atrás dos moços. Quando estava quase a alcançá-los pela terceira vez, o moço jogou as agulhas. Formou-se um espinheiro tão cerrado que o diabo, aí, não teve remédio senão voltar. Chegou ao inferno e encontrou a diaba furiosa.

Não foi um projeto planejado, ela e seu companheiro da vida inteira, seu marido, o Botelho, apenas faziam. Juntaram a linguística, a psicologia, a sabedoria, a economia, a filosofia, a literatura, a poesia, a fotografia, a pintura e a estratégia. Criaram um espaço de discussão e de cantoria. De encantamentos. Imaginavam e faziam o imaginado se tornar real. Traçaram uma bela trajetória possível para os amanhãs, somente vivendo intensamente, oferecendo para cada um o seu presente.

O Instituto Ruth Guimarães é isto: o encantamento e a criação. Uma continuação do trabalho de uma vida inteira. A mágica de Ruth foi criar este nosso futuro, torná-lo possível sem se esforçar para isso. Criou este futuro com criatividade e determinação, com coragem e inovações. O sentido de sua vida foi descobrir seu próprio dom, mas, além disso, foi usar seu dom para encontrar a humanidade no outro. A paixão do outro. Mais do que ser, deixou que os outros também fossem. Encantou. Encantou-se.

  Nestes contos ela reconta o que ouviu, nas suas pesquisas de campo, e em alguns acrescenta suas anotações, porque era educadora antes de tudo. Comparou com histórias coletadas em outros lugares, analisou as que tinha ouvido, definia. Se tivesse tido tempo, teria procurado novos autores, para dizer que "a magia pode ser caracterizada pelo uso de 'forças ocultas' (isto é, forças sobrenaturais ou naturais, mas ocultas) para realizar coisas particularmente desejadas, muitas vezes por palavras ou símbolos" (Bert Hansen). Ela se propôs a ouvir o que se falava sobre as magias, sobre os ritos, procedimentos ocultos e artifícios técnicos, fenômenos considerados extraordinários de acordo com crenças religiosas e conhecimento da natureza, em determinado ambiente e em determinado momento. Todos os fenômenos mágicos considerados "extraordinários". Do latim *magica* (mais raramente, magia, do grego *mageia*, de uma palavra iraniana que designava a arte dos sacerdotes da antiga Pérsia), é mais frequentemente usado com um significado restritivo e negativo no Ocidente cristão. Como Santo Agostinho e Isidoro de Sevilha, a maioria dos clérigos medievais rejeitou os "truques das artes mágicas" denominando-os de "superstições", considerados práticas derivadas do paganismo e contrárias à fé cristã.

  Essa mistura de pesquisa e recontos, de definições e de causos, é assim Ruth Guimarães.

• PREFÁCIO •

Ruth e Botelho, dois apaixonados, sonhadores e atores, que tiveram a coragem, a determinação e a perseverança de ir, de não desistir. Porque eram encantadoramente loucos, achando que iam mudar o mundo. E mudaram alguns mundos. Porque não dividiram os conhecimentos em ciência e superstições. As ciências têm sua história, as superstições têm a sua. A ciência funciona na incerteza, está em formação, em movimento, não está gravado em pedra de uma vez por todas. Não há verdade absoluta, de falso ou verdadeiro, tudo está mudando.

A superstição usa a ciência; os antigos não faziam diferença entre astronomia e astrologia, observava-se, a olho nu, os planetas fixos e estrelas errantes (planetas), na tentativa de encontrar um sentido. A distinção entre aqueles que estavam assistindo para prever e aqueles que estavam assistindo para entender era muito sutil. Mas as previsões eram necessárias, o poderoso queria encontrar presságios nas estrelas para tomar decisões e remuneravam muito bem os astrólogos da época. Só a partir da chegada do telescópio de Galileu, reconhecido oficialmente em 1609, fomos capazes de perceber que a Terra não estava no centro do Universo. As ciências, no entanto, não fizeram desaparecer as superstições. Alguns até dizem que superstições seriam portadoras de imaginação e de intuição, qualidades essenciais para a pesquisa científica... Além disso, não há também rituais, às vezes até obsessivos, na rotina de um laboratório? A busca incansável da cura, partindo do nada, ou do quase nada. Acho que isso se chama fé. E crença. E mesmo magia!

A palavra "crença" faz com que se pense imediatamente na religião, no entanto aqui não se trata da oposição ciência *versus* religião, mas da ciência e da crença. A religião se baseia em um ato de fé em que se aceita sem discussão certo número de crenças. A ciência fundamental, cujo único objetivo é o conhecimento, apoia-se em uma longa lista de fatos e em uma discussão crítica das interpretações.

No dia a dia, em um ritual de matrimônio, representa-se um espetáculo, uma forma autointensificada de vida social. O arroz para a fartura, as coisas emprestadas, novas, azuis, detalhes a serem respeitados. Não se trata de premonição, mas sim de uma interpretação *a posteriori* dos eventos que ocorrerão após uma cerimônia considerada minuciosa, atraindo a simpatia dos ancestrais. Estamos sempre procurando por algo que aconteceu rio acima. É uma forma de fabricar causalidades. E isso não é uma característica de todas as superstições humanas?

Muitos crentes apreciam as virtudes da ciência e muitos cientistas são tocados pela crença. Cada pessoa possui várias crenças herdadas da família, da sua experiência, da sua educação. Algumas delas têm aspectos muito positivos: podem minimizar as inquietações, dar coragem face à morte e até fazer a felicidade das pessoas. "Eu quero que meu empregado acredite em Deus, assim vai me roubar menos", dizia Voltaire.

Era um velho rei, era uma moura torta, era uma princesa sapa, eram três irmãs, eram três irmãos, era um príncipe papagaio, era o diabo, era o sargento de pau. Os "era uma vez" não é uma questão de ciência ou de crença. É somente Ruth contando de um jeito que é uma delícia de ouvir. Se vão servir, para que e para quem, também não é lá de grande importância. Só o que importa é encantar-se!

INTRODUÇÃO

Histórias de explicar o mundo

Devo explicar rapidamente o critério de seleção destes contos. Em primeiro lugar, não houve preocupação sentimental nem pedagógica. Aliás, o primeiro contato, completamente irracional, com os textos foi juntar o material, recolhendo-o entre o povo, assim como quem recolhia ouro, no tempo em que o havia.

Parece-me necessário observar que a maioria das histórias são variantes de contos recolhidos também na tradição oral e belamente recontados por Grimm, por Andersen, por Perrault, que, há um século, já sabia o que convinha à criança. O que inspira bons pensamentos ao imaturo, ao simples, ao rústico, inspirará bons pensamentos à criança. A maioria dos contos tradicionais do Brasil é de procedência europeia, veio através dos racontos orais do português descobridor e colonizador, e foi transformada em simples variantes a que os bantos, nagôs e jejes imprimiram sua rude singeleza.

Temos, também, os contos mitológicos, derivados da necessidade do homem primitivo de explicar o mundo.

Apenas por efeito de pesquisa acadêmica, costuma-se distribuir as histórias de criação em categorias. São as mais comuns as sagas, as lendas e os contos folclóricos.

A saga é um relato baseado num grande evento histórico, ou supostamente histórico, em que a estrutura e os personagens costumam ser fictícios. A Guerra de Troia é uma saga; a criação de Roma pelos gêmeos Remo e Rômulo é uma saga.

A lenda é um relato associado a um personagem ou um lugar histórico, em torno do qual se constroem situações maravilhosas. Muitos santos da Igreja Católica têm histórias lendárias. São Jorge, por exemplo, que a Igreja recentemente declarou sequer ter existido, tem como base real um cavaleiro medieval, possivelmente da Bretanha. Nas lendas, frequentemente aparecem pessoas que se tornam exemplos de virtude e de honra para um grupo ou uma nação.

Os contos folclóricos, a terceira variação da narrativa tradicional, são simples relatos narrativos de aventura erguidos ao redor de elementos de caráter. Por exemplo, o jovem bom e corajoso que enfrenta o monstro e conquista a mão da princesa. Os contos folclóricos podem conter um

• INTRODUÇÃO •

fecho moral ou uma observação sobre a vida, mas a sua principal proposta é o entretenimento.

Os mitos, por sua vez, podem conter elementos de sagas, de lendas e de contos folclóricos. O que os transforma em mitos é o seu propósito e a sua importância para explicar os elementos básicos de uma cultura. Os mitos tentam explicar como o mundo começou, como foram criados os homens e os animais, como certos costumes, gestos e formas de atividade humana se originaram, e como o humano e o divino interagem.

O escritor e mitologista norte-americano Thomas Bulfinch recontou, no livro *A idade da fábula*,* de 1855, muitos dos mais importantes mitos da Antiguidade. Por exemplo, o mito de Pigmaleão, um escultor que se apaixona pela sua própria criação. Embora a história se origine da lenda grega, Bulfinch escolheu a versão romana, que substitui a deusa grega Afrodite pela romana Vênus. Alguns anos depois da publicação, o relato foi adaptado para o teatro e popularizado em adaptações como a do dramaturgo inglês Sir William Saint Gilbert (*Galateia*) em 1871, ou a do irlandês George Bernard Shaw, em 1913.

A prática universal do ser humano de fabricar mitos parece ser o mais antigo meio que o homem encontrou de interpretar o mundo natural e a sociedade em que vive. Assim, o mito tem papel dominante em grande parte da história do

* BULFINCH, Thomas. *Mitologia geral — A idade da fábula*. Belo Horizonte: Itatiaia, 1962.

homem. Os filósofos gregos do século VI antes de Cristo foram os primeiros a perceber a validade do mito. Nos séculos subsequentes, o racionalismo introduzido pelos gregos e o monoteísmo (a crença em um só deus) típico do judaísmo, do cristianismo e do islamismo diminuíram a necessidade de criação de mitos.

Pesquisadores da mitologia diferenciam os mitos de criação (ou cosmogonias) dos mitos de origem. Enquanto as cosmogonias falam de como o cosmos surgiu ou foi criado de um estado primal, os mitos de origem explicam como mais tarde aspectos do mundo conhecido, como os seres humanos, animais e a ordem social, vieram a existir. Na prática, histórias de origem representam a continuação da cosmogonia, recontando a consequente evolução de um ato original de criação.

No entanto, esses mitos inferem que o mundo, em seu estágio de pré-criação, era inabitável e teve que ser organizado pelas forças cósmicas ou pelas deidades criadoras. Certas imagens do estágio primal, da pré-criação, são comuns em um número de tradições mitológicas: o mundo começou do vazio ou do nada absoluto; ou então do caos de elementos indistintos; ou ainda do mar primevo ou do ovo cósmico que contém todas as coisas em forma embrional.

Alguns mitos de criação refletem circunstâncias ambientais de uma cultura particular. Por exemplo, na Mesopotâmia, localizada entre os rios Tigre e Eufrates, a dependência dos sistemas de irrigação e a perpétua ameaça de cheias são contingências pervasivas da vida. Da mesma

• INTRODUÇÃO •

forma, a ação e o controle das águas desempenharam papel maior na mitologia da Suméria, antiga civilização mesopotâmica. Na mitologia suméria, o mar primevo, personificado pela deusa Namu, é a fonte dos deuses e do cosmos. Quando os deuses decidiram destruir as criações humanas, mandaram uma enchente, como no mito cristão da arca de Noé.

As mitologias de criação explicam a formação do mundo por uma variedade de processos: o sacrifício do ser primal (por exemplo, um gigante ou uma serpente); uma luta entre poderes sobrenaturais; a mistura de elementos coexistentes, particularmente terra e água; a incubação de um ovo cósmico; e a consubstanciação de uma palavra divina.

Nos mitos que dão crédito à criação primária aos deuses, como as deidades gregas Urano (céu) e Gaia (terra), o prosseguimento das histórias quase sempre mostram essas deidades remotas destronadas por suas próprias criaturas. É o caso de Zeus, que sucede o pai Cronos e o avô Urano no papel de regente dos deuses. De novo, o conceito do renascimento, como o eterno nascente e poente do sol.

As cosmogonias mais antigas conhecidas hoje são as do Egito e as do Oriente Próximo, como a Babilônia — cerca de doze séculos antes de Cristo. No mito babilônico da criação, no início do mundo só existia uma massa líquida em que as águas frescas se misturavam com as águas salgadas do mar. As águas frescas eram personificadas por Apsu, um ser masculino, e as águas salgadas por Tiamat, uma fêmea. O mito descreve um conflito entre os primeiros deuses e uma geração que se originou de ambos. Os mais jovens declararam guerra, liderados por Marduk, um deus do trovão e dos raios que encontra similares na mitologia grega com Zeus, e na nórdica, com Thor. Marduk derrotou o exército dos deuses mais velhos e matou Tiamat, representada como um dragão, num combate. Então, separou a carcaça em duas partes, formando o céu e a terra das metades, e criou o Sol e as constelações.

Outros mitos baseados no Sol ocorrem na cosmogonia maia, com seus muitos ciclos de criação e de destruição.

Muitos racontos mitológicos creditam a criação a agentes impessoais, em vez de a deidades individuais. Em algumas tradições africanas, um ovo cósmico chocado liberou espíritos chamados Nomo, que então se entregaram à criação da humanidade. Na mitologia egípcia, forças criadoras pessoais e impessoais entram em cena juntas: as energias elementares foram personificadas em quatro duplas divinas que se fundem para formar o ovo cósmico, do qual o deus do Sol então nasce.

O deus do Sol egípcio é identificado pela figura de Ra, uma deidade a quem coube erguer o panteão dos Nove Deuses de Heliópolis pela autofecundação. Aliás, a autofecundação está em várias histórias similares da deidade criadora, e as criaturas que traz à vida originam então outros deuses, criando um panteão baseado em incestuosas relações familiares. A mais famosa dessas linhas de descendência ocorre na Grécia, onde Zeus constrói a sua descendência se relacionando com muitas deusas e mortais, às vezes gestando o filho na coxa, às vezes na cabeça.

Muitos mitos estão centrados na ideia de que os elementos primais são separados durante o ato da criação — dia e noite. Na antiga mitologia egípcia, a criação ocorreu depois que de um monte de terra saíram as águas primais. No Gênesis bíblico, Jeová criou o mundo basicamente separando elementos: separou a luz da escuridão (e aí surge o Sol), e separou a água da terra. Em outras mitologias de criação, a matéria-prima deriva de uma fonte específica. Um conhecido mito dos índios norte-americanos conta que descendo ao fundo dos oceanos uma tartaruga trouxe a lama da qual o mundo é feito. E aí, de novo, o mundo só aparece quando se faz a separação da escuridão que há no fundo do mar para a luz que emana do ar livre.

Na tradição védica, o corpo do homem primal, Purusha, é desmembrado para prover material para a construção do mundo e de tudo o que há nele. Na mitologia nórdica, o gigante primal Ymir é morto por Odin e seus irmãos, que faz o céu a partir de sua caveira, e a terra a partir do seu corpo, e o mar do seu sangue.

Nos mitos cosmogônicos, que geralmente culminam na criação da humanidade, a era primal do mundo é a mais próxima da perfeição (a era do Sol, a era dourada, o jardim do paraíso), sobrevindo a degeneração progressiva à medida que se afasta do impulso criador original. Os primeiros humanos são normalmente seres de extraordinária estatura e longevidade, muito mais próximos dos deuses do que os homens atuais. Os ciclos de histórias associadas com semideuses e heróis são uma fonte ainda mais rica de mitos do que os que envolvem os próprios deuses.

Como os mitos de criação têm cenário num lugar e num tempo anterior ao surgimento dos homens, e como envolvem deuses e outros seres sobrenaturais acima da compreensão humana, pode-se pensar que sejam uma dimensão da religião. No entanto, muitos tópicos abordados pelos mitos não admitem essa interpretação — por exemplo, aqueles que explicam certas formas da natureza, como na geologia.

Nos primeiros estágios da civilização grega, como em outras culturas antigas, a verdade dos mitos era tida por indiscutível. A palavra grega *"mythos"* era originalmente usada para descrever uma narrativa. Os primeiros autores gregos a empregar o termo não traçavam distinção rígida entre narrativas históricas e de ficção.

No século VI antes de Cristo, os pensadores gregos começaram, no entanto, a questionar a validade de seus contos tradicionais, e a palavra "mito" acabou sendo empregada para denotar uma história implausível. O filósofo grego Xenófanes, por exemplo, declarava que muitas das habilidades que os poetas Homero e Hesíodo atribuíam aos deuses não eram dignas de seres divinos. Por volta do século V antes de Cristo, já era tendência generalizada entre os filósofos considerar os velhos mitos apenas explicações ingênuas dos fenômenos naturais.

No entanto, mesmo sob ataque dos filósofos, os mitos mantiveram a sua importância cultural. As tragédias gregas, cujas encenações se tornaram o centro da vida religiosa e cívica de Atenas no fim do século V antes de Cristo, foram buscar seus temas principalmente nos mitos.

No século IV antes de Cristo, Platão sistematicamente contrastou o *logos*, o conhecimento, o argumento racional, com o mito, que do seu ponto de vista era apenas pouco melhor do que falsidade pura e simples. Em *A República*, Platão sugere que a comunidade ideal excluísse as poesias mitológicas tradicionais, sob o argumento de que estavam cheias de perigosas falsidades. Ele próprio, no entanto, utilizou-se de mitos para explorar tópicos como o nascimento do mundo ou a morte e a vida após a morte, situações que ele considerava fora das fronteiras da explicação lógica.

Depois de Platão, a maioria dos pensadores ou tentou aplicar a razão aos elementos sobrenaturais contidos nos mitos ou interpretá-los simbolicamente. Êumero, escritor grego do século IV antes de Cristo, associou a origem dos deuses à deificação de governantes humanos pelos seus altos feitos. Essa explicação dos deuses é, por consequência, conhecida como eumerismo. Os estoicos e — muito mais tarde — os neoplatônicos interpretaram os mitos como alegorias (narrativas que empregam linguagem pictórica e imagens para divulgar uma mensagem oculta).

Os mitos, sabemos, ocuparam e decerto seguirão ocupando lugar nas civilizações de todo o mundo.

Um dos recursos básicos do mito é a metáfora. Aracy Lopes da Silva, no artigo "Mito, razão, história e sociedade — Inter-relações nos universos socioculturais indígenas",* lembra que Claude Lévi-Strauss demonstrou a vastidão e a acuidade dos conhecimentos de povos nativos sobre o ambiente em que vivem no livro *O pensamento selvagem*, e concluiu contrariamente à ideia de que a atenção, o interesse e o desejo de conhecer a natureza, por parte dessas populações, seriam guiados pela necessidade de encontrar recursos úteis à sua sobrevivência. "Lévi-Strauss encerrou a polêmica com uma frase muito simples: para decidir se determinada espécie natural é útil, é preciso primeiro conhecê-la", diz Aracy. E prossegue:

> Com Lévi-Strauss, firmou-se a convicção de que a matéria-prima com que as histórias que os mitos contam são construídas são signos retirados de outros sistemas de significação, como as palavras da própria língua que, no contexto particular constituído por cada mito, adquirem novos sentidos; como, também, os elementos muito concretos da natureza (os astros, as intempéries, os animais, as plantas, as montanhas, os rios, o céu, os cheiros, os sabores); e, ainda, como as experiências muito palpáveis da vida em sociedade (o parto, a morte, o sexo, a troca,

* SILVA, Aracy Lopes da. Mito, razão, história e sociedade: inter-relações nos universos socioculturais indígenas. In: *Temática indígena na escola: Novos subsídios para professores de primeiro e segundo graus.* Brasília: MEC/Mari/Unesco, 1995.

a roça, a caçada, os filhos, as mães, os parentes) e das relações entre as pessoas (o comportamento, a obediência, a traição, a generosidade, a mesquinhez, a inveja).

Neste livro, estão alguns registros de histórias de povos diversos, em busca de compreender o mundo e de mitigar a escuridão do desconhecimento.

Ruth Guimarães, maio de 1996.

HISTÓRIAS DE ENCANTAMENTO

PRIMEIRA PARTE

Artes de branca-flor

Havia um moço que gostava muito de jogar. Aos conselhos dos mais velhos, costumava dizer que perdia apenas o seu dinheiro e que isto não é muita coisa.

— Perde mais — dizia-lhe o velho pai. — Perde dinheiro, noites de sono, o tempo, a vergonha. E um dia perderá a alma.

O moço ria e continuava frequentando as casas de jogo todas as noites.

Um dia, depois de ter perdido tudo, ao jogar com um parceiro mal-encarado, não tendo mais o que jogar, ouviu espantado esta proposta:

— Se quiser continuar, eu caso mil escudos com a sua sombra.

— Com o quê?!

— Com a sua sombra.

O moço pensou por um momento.

— Ora! A minha sombra não me fará grande falta. Até hoje não me serviu para nada.

Jogou e perdeu.

O parceiro enfiou a sombra num saco e, antes de partir, falou:

— Se você quiser reaver o que perdeu, procure por mim na Montanha Negra, daqui a um ano e um dia.

Muito perturbado, o moço foi para casa. O pai, que o achou mais sombrio que de costume, perguntou:

— Que aconteceu?

O moço não queria contar. Mas não tardou que toda a gente soubesse e reparasse que ele não tinha sombra, o que o deixou muito malvisto no povoado, e fazia com que todos o apontassem com o dedo, por onde quer que andasse. Aí ele compreendeu que a sombra fazia muita falta. Demais o pai lhe dizia:

— Estás vendo? Você perdeu a alma. Era o diabo o seu parceiro. Carregou a sua sombra. Ah! infeliz.

Apavorado, o moço resolveu procurar a sombra na tal Montanha Negra, e pôs-se a caminho.

Chegou à Montanha Negra, encontrou a casa do diabo, que era realmente aquele mal-encarado parceiro, e pediu-lhe a sombra.

— Ah! Sim, pois não. Dou-a se você plantar uma fila de bananeiras de manhã, e à tarde você colher, nessas mesmas bananeiras, bananas maduras para o jantar.

O moço foi para a roça do diabo, sentou-se num toco e começou a chorar. Avaliava agora a sua pouca sorte, e como o jogo tinha sido a sua perdição.

Ora, o diabo tinha uma filha muito bonita, chamada Branca-Flor. Branca-Flor espiou pelas abertas do mato o moço sentado no tronco caído e gostou dele. Apareceu-lhe e falou:

— Não tem nada, não. Deite-se aqui no meu colo.

Aninhou a cabeça dele no colo, pegou a fazer-lhe cafuné, a conversar com ele, perguntando muitas coisas, de mansinho, até que ele dormiu. Então, arredou-lhe a cabeça, plantou as mudas, e se escondeu. Quando o moço acordou, assustado, pensando que nada tinha feito, e nas desgraças que iam lhe acontecer, viu as bananeiras plantadas, com os cachos madurinhos. Muito alegre, apanhou as bananas e levou-as ao patrão. Este não desconfiou, mas a mulher dele, que era mais esperta, disse:

— Isto são artes de Branca-Flor.

No outro dia, quando o moço pediu a sombra, o diabo arranjou outra prova: deu-lhe um saquinho de feijão-verde.

— Plante este feijão. Que ele brote e cresça, e dê feijão para o meu virado até de tarde.

O moço ainda não tinha voltado bem do espanto pelo que tinha acontecido na véspera. Foi para a roça mais triste e acabrunhado do que antes.

— Hoje eu não escapo.

Sentou no mesmo cepo e começou a chorar. Apareceu-lhe a moça bonita da véspera, aninhou-lhe a cabeça no colo, e começou a fazer cafuné em seu cabelo até que ele dormiu. Mais tarde, enroscavam-se nas estacas os cipós de feijão, com as vagens granadas, no ponto de colher. Radiante, o moço apanhou os feijões e levou deles uma peneira cheia ao diabo. O diabo aceitou o trabalho, mas a mulher, desconfiada, resmungou:

— Isto são artes de Branca-Flor.

No outro dia, mal o moço abriu a boca para falar da sombra, o diabo já falou:

— Atirei um anel no mar. Procure-o e traga-o aqui.

O moço foi para a praia e, sentado num montinho de areia, começou a chorar. Apareceu Branca-Flor, chamou um peixinho, pediu-lhe o anel, e logo veio de volta o pequeno mensageiro de rabo de prata com o anel na boca.

Então, o diabo também começou a desconfiar de tanta habilidade e resolveu matar o moço, com pretexto ou sem ele, e mais a filha, que o tinha feito de bobo.

Fez uma cara muito hipócrita, devolveu-lhe a sombra, e falou:

— Pode ir embora amanhã.

Branca-Flor adivinhou tudo e se preveniu.

Pôs na cama do moço e na dela dois potes de barro cheios de vinho. Pegou um punhado de cinzas frias do fogão, um punhado de agulhas da caixa de costura, e um pedaço de sabão de cinza da despensa. Foi muito de mansinho procurar o moço, que se sentara a um canto, meditando, e disse:

— Fujamos, que meu pai quer nos matar. Ele tem dois cavalos muito bons: um castanho e um preto. O castanho é rápido como o vento. Vá à cocheira e pegue o outro, que é rápido como o pensamento.

Em seguida, cuspiu três vezes no fogão, deu ao rapaz o embrulhinho com as agulhas, o sabão e a cinza, para guardar, montaram e fugiram.

Já estavam longe, quando repararam que o moço no escuro tinha selado o cavalo errado. Estavam fugindo no cavalo rápido como o vento. Era perigoso voltar, e Branca-Flor resolveu tocar para adiante.

— Não faz mal, vamos neste mesmo. Até que papai descubra, estaremos longe.

Entrementes, na casa do diabo, todos se acomodaram. Deitou-se o diabo em sua cama de chamas, como uma salamandra. Deitou-se a mulher. Deitaram-se os diabos e as diabinhas. Ficou tudo quieto. Quando nos grandes relógios dos salões começaram a soar as badaladas da meia-noite, o diabo ergueu a cabeça do travesseiro e chamou:

— Branca-Flor!

Um cuspo no fogão respondeu:

— Já vou.

O diabo deitou e esperou. Esperou quase uma hora. E então tornou a chamar:

— Branca-Flor!

Outro cuspo respondeu com voz mais fraca:

— Já vou.

Esperou um pouco e chamou pela terceira vez:

— Branca-Flor!

Outro cuspo respondeu com voz mais fraca ainda, como de quem está quase dormindo:

— Já vou.

O diabo deixou passar mais um pouco e tornou a chamar. Ninguém respondeu. Aí ele se levantou, pegou um pau e foi à cama do moço, e malhou até que viu escorrer o que julgou ser sangue. Foi à cama da filha e bateu até ouvir o rumor do que pareciam ossos quebrando. Voltou para a cama e a mulher perguntou:

— Estão mortos?

— Estão sim. Escorreu sangue.

— Estão mortos mesmo? Você verificou?

— Os ossos estalaram.

A mulher não acreditou e foi ver. E viu: potes quebrados, vinho escorrendo, e nem sinal, nem do moço, nem da moça.

— Fugiram! — gritou.

Descoberto o logro, o diabo correu à cocheira, selou o cavalo preto e saiu atrás deles. Estava quase alcançando os fugitivos, quando Branca-Flor, olhando para trás, avistou a nuvem preta que vinha que vinha.

— Papai vem aí — avisou a moça. — Atire para trás o punhado de cinzas.

O moço assim fez e logo se formou um nevoeiro baixo tão espesso como uma cortina. Não se enxergava nada. O diabo andou daqui, dali, pererecando, até que conseguiu passar. Quando estava pertinho outra vez, o moço, a mando de Branca-Flor, atirou o sabão. Formou-se um atoleiro de tijuco preto, tão grudento que o diabo suou para escapar. Saiu dele enfezado, e foi outra vez atrás dos moços. Quando estava quase a alcançá-los pela terceira vez, o moço jogou as agulhas. Formou-se um espinheiro tão cerrado que o diabo, aí, não teve remédio senão voltar. Chegou ao inferno e encontrou a diaba furiosa.

— Mulher — explicava ele, todo atrapalhado. — Eu não pude atravessar o espinheiro...

— Que espinheiro? Que mané espinheiro o quê?! Aquilo era um punhado de agulhas. Se você não fosse tão besta, tinha passado.

O diabo tornou a montar, louco da vida, e foi perseguir os moços de novo.

Branca-Flor olhou para trás e viu a nuvem preta. Vinha que vinha. Ela transformou então o cavalo num lago, os arreios numa barca, o moço num pescador, e ela mesma num cisne branco. O diabo chegou ao rio, perguntou ao pescador se tinha visto um moço e uma moça, assim assim, montados num cavalo alazão. O pescador nada respondia. Aí, o diabo, danado com o pouco-caso dele, voltou ao inferno. Branca-Flor desmanchou a mágica, montaram de novo e galoparam para a frente, em seu cavalo escuro, rápido como o vento. Mas a mulher do diabo atiçou-o:

— Bobo de uma figa! Não viu que o moço era o barqueiro e Branca-Flor, o cisne branco?

O diabo montou e saiu.

— Desta vez, trago aqueles dois de qualquer jeito.

— Melhor matá-los no caminho — insinuou a diaba.

— Ou isso.

Quando chegou ao lugar onde estivera o lago, cadê o lago? Voou ligeiro, pelo espaço, andando pelo mundo todo, à procura. Quando Branca-Flor olhou para trás, viu a nuvem preta. Vinha que vinha, feia em cima deles.

Então, ela transformou o cavalo e os arreios numa roseira, ela numa rosa vermelha e o moço num beija-flor. O diabo passou, olhou as roseiras, a rosa e o pássaro, nem desconfiou. Correu mundo em seu cavalo veloz como o pensamento e não encontrou ninguém. Voltou ao inferno e a mulher, assim que o viu, foi logo gritando:

— Bocó! Bocó de fivela! Não viu uma roseira, com uma rosa vermelha?

— Bem bonita — disse o diabo.

— Não seja bobo! A rosa era Branca-Flor e o beija-flor, o moço. Volte já e traga os dois!

O diabo foi, mas Branca-Flor, o moço, a roseira e o beija-flor, tudo tinha sumido. Lá adiante, passou por uma igreja e o padre estava na porta, puxando a corda do sino.

— Seu padre! Não viu um moço e uma moça, montados num cavalo alazão?

O padre dizia:

— É hora da missa.

E tocava o sino: delém, delém...

— Seu padre, estou perguntando...

— É hora da missa...

Delém, delém, delém.

E o diabo foi para o inferno.

Não adiantou a diaba gritar, ralhar, pintar os canecos com ele.

— Já estou cansado. Não vou mais atrás de ninguém. Vá você.

Branca-Flor e o moço seguiram viagem. Nunca mais que viram a nuvem preta.

— Meu pai desistiu — ela falou. E riu.

Com pouco, chegaram a uma cidade. Ela ficou escondida à beira do caminho e o moço foi à cidade, procurar trabalho, para depois levá-la com ele. Antes que fosse, Branca-Flor deu-lhe um anel, e disse:

— Não tire este anel do dedo...

— Nunca?

— Nunca. Senão você me esquece.

— Não tiro — o moço prometeu.

E foi embora.

Andou pela cidade, perguntando se havia trabalho, até que foi dar na casa de uma família muito rica. Ajustou de trabalhar lá. Logo no primeiro dia, esqueceu a recomendação de Branca-Flor e tirou o anel do dedo para lavar as mãos. No mesmo instante, foi o mesmo que nunca tivesse existido Branca-Flor. Esqueceu-a como esqueceu o Diabo, a Montanha Negra, o inferno, a perseguição, tudo. Ficou mais de ano na casa. Por fim, namorou uma das moças, filha do patrão, e tratou do casamento com ela. E tornou a passar outro ano.

Num mês de maio, muito sereno e claro, ia ser o casamento. Às vezes o moço parava olhando para fora, para as estradas, ou se detinha diante de uma rosa, ou perscrutava o lago, tentando apanhar uma ideia que lhe fugia. Nas vésperas do casamento, apareceu uma moça muito bonita e pediu para fazer os doces do dia.

— Sou doceira como não há igual neste mundo.

A cozinheira experimentou o serviço dela, achou que era assim mesmo, como a moça dizia, e ela principiou o trabalho. Fez manjares finos, cocadinhas, furrundum e pé de moleque, papo de anjo, baba de moça, bem-casados, quindim, queijadinha, espera-marido, pudim, bom-bocado, beijinho.

E o bolo. Ah! O bolo. Alto como uma torre, todo branco de neve, lá em cima a moça botou um casal de bonecos.

Chegou o dia do casamento e já estavam todos à mesa para o banquete. O noivo e a noiva, nas suas roupas de gala, sentaram-se à cabeceira da mesa. Então a boneca virou-se para o boneco e perguntou:

— Tu não te lembras daquele dia em que meu pai te mandou plantar mudas de bananeira e eu então te vali?

Os convidados puseram-se a rir. Nunca tinham visto brinquedo tão interessante. Os risos dobraram quando o boneco ensaiou um passo de dança, sacudiu a cabeça e resmungou com voz grossa:

— Não me lembro. Não me lembro.

E a bonequinha, delicadamente, insistia:

— E não te lembras quando meu pai te mandou plantar feijão-verde e eu então pela segunda vez te vali?

— Não me lembro, não me lembro.

— E não te lembras quando meu pai jogou o anel no fundo do mar e eu mandei um peixinho buscar?

— Não me lembro, não me lembro.

— Não te lembras quando meu pai queria nos matar e nós fugimos num cavalo veloz como o vento?

— Não me lembro, não me lembro.

— Não te lembras quando viraste um pescador e eu um cisne branco?

— Um cisne branco... — murmurou o boneco. — Um cisne branco. Ai, não me lembro.

— Não te lembras quando viraste um beija-flor e eu, uma rosa vermelha?

— A rosa... — repetiu o boneco, pensativo, com o dedo na testa. A rosa vermelha. — Ai! Não me lembro.

— Não te lembras quando viraste padre e eu, a santa que estava no altar?

Nessa hora, o boneco deu um salto e respondeu:

— Já me lembro!

O moço, que estava sentado ao lado da noiva, levantou-se agitado. Lembrara-se de tudo e queria ver a moça que tinha feito os bonecos.

Encontrou-a toda vestida de noiva, casaram-se e foram muito felizes. Houve muito doce, muita música, uma festa de arromba. Eu ia trazer uns doces e repartir com vocês, mas quando ia passando na ponte, os cachorros do vigário correram atrás de mim e derrubei os doces n'água.

Um motivo de Branca-Flor se repete, integrado no conto "Pinto Sura", cuja hipótese de origem africana é reforçada pela coleta feita em zona de antigas plantações algodoeiras e cafeeiras, e onde a predominância é de negros, cafusos e mulatos: o Vale do Paraíba.

"— *Papai vem aí* — *avisa Branca-Flor, atirando para trás um punhado de cinzas. As cinzas se transformaram em espesso nevoeiro. Não se enxergava nada. O Diabo, pai da moça, andou pererecando, até que conseguiu passar. Quando estava pertinho outra vez, o moço atirou o sabão. Formou-se um atoleiro de tijuco preto, tão grudento que o Diabo suou para escapar. Quando se arrancou dali, e tocou o cavalo outra vez, para cima dos fujões, o moço jogou as agulhas. Formou-se um espinheiro de tal maneira cerrado que o Diabo não teve remédio senão voltar.*"

Um deus holoche tinha um chapéu que, quando atirado para trás, causava a formação de um espesso nevoeiro (Sébillot — *Le Folklore*).*

Uma versão da África do Norte, publicada por M. Desparment, *Revue des Traditions Populaires*,** e por Gédéon Huet, *Les Contes populaires*,*** I, 18 e seguintes, tem as palavras mágicas realizadas pela feiticeira, Branca-Flor ou outra, mas não tem os obstáculos mágicos. Em linhas gerais, é o seguinte:

---

* SÉBILLOT, Paul. *Le Folklore de France*. Paris: Editions Imago, vol. 1 — 1904, vol. 2 — 1913.
** DESPARMENT, M. *Revue des Traditions Populaires*. 30 Année. — Tomo XXX. — n. 9-10 — Paris, sept.-oct. 1915, pp. 29 e seguintes.
*** HUET, Gédéon. *Les contes populaires*. Paris: Ernest Flammarion, 1923, pp. 18 e seguintes.

Um homem perdeu a alma no jogo e foi buscá-la na casa do Marquês Del Sol. Tal como na história de Branca-Flor, essa tem o episódio do cuspo, que responde pelo ausente. Os fugitivos atiram coisas para trás, para atrasar ou afastar os perseguidores.

Esse conto sevilhano, "Marquês Del Sol", recolhido por um sócio de "El-Folklore Andaluz" e publicado por Machado y Alvarez em *Tradições populares espanholas*, tem semelhanças marcantes com a versão da África do Norte:

Um homem perdeu a alma no jogo e foi buscá-la em casa do Marquês Del Sol. Há o encontro com as três filhas, tomando banho. A proteção da menor. As provas. A falta do dedinho. A escolha, para o casamento. A fuga.

Tal como na nossa história da Branca-Flor, essa tem o episódio do cuspo. E mais o dos fugitivos que atiram coisas para trás. O moço que esqueceu a amada por um abraço. A história termina aí, sem o episódio final da versão brasileira.

Existem outras versões de "Marquês Del Sol", na Espanha. Assim — "Sete Raios de Sol" (Granada), "Branca-Flor", "A filha do Diabo" (Cuenca), "O Castelo das Sete Laranjas" (Vilamediana, Palência), "Marisoles" (Soria), que têm elementos do afilhado do Diabo e de Branca-Flor. Notam-se ainda as variantes "Branca-Flor", recolhida em Villaluenga (Toledo), semelhante a "Branca de Neve", a variante recolhida por Jaraiz de la Vera (Cáceres), "A Mãe Invejosa", também semelhante a "Branca de Neve". (Leiam-se *Cuentos populares españoles*, de Aurélio M. Espinosa.)

Há uma curiosa semelhança entre uma parte da história de Branca-Flor e o mito da origem do fogo entre os Mowatcath, tribo indígena da América do Norte, citada por Georg Hunt, em *Myths of the Nootka*. Veja-se também Frazer, *Mythes sur l'origine du feu*:

O gamo tinha roubado o fogo dos lobos. Estes o perseguiram. Quando estava quase sendo alcançado, tomou uma pedrinha e lançou-a para trás. Ela se transformou numa montanha que retardou os lobos. Ele correu um largo trecho. Quando os lobos se aproximaram novamente, jogou um pente para trás, o pente se transformou em um mato espinhento e os lobos foram retidos do outro lado. O gamo pôde, assim, tomar uma grande dianteira. Os lobos conseguiram abrir caminho através do espinheiro e perseguiram o gamo novamente. Quando se aproximaram, o gamo despejou no chão óleo para os cabelos. Subitamente, um grande lago surgiu entre os perseguidores e ele.

Outro elemento: diz-se que os curandeiros das tribos de índios americanos eram capazes de plantar milho e fazê-lo amadurecer em poucos minutos.

No Vale do Paraíba, façanha semelhante é atribuída aos velhos jongueiros, ou seja, dançadores de jongo, dança de negros africanos, quase sempre velhos candongueiros habituados ao feitiço e à macumba. O passo é simples, repetitivo, a música monocórdia, acompanhada do surdo bater de grandes tambores, os tambus. É um ritmo soturno, longo, lento, tumtum tuuum. Um grande coração batendo na treva. Acontece sempre à noite. O clarão das fogueiras, em torno das quais se dança, não tem força para espancar a escuridão, antes a aumenta. Os dançadores jogam frases misteriosas, o ponto do jongo. O ponto não tem um sentido claro, precisa ser decifrado. Acredita-se que um jongueiro pode jogar um ponto e, com ele, amarrar os parceiros na roda de jongo, enquanto queira, ou até que se decifre o enigma. No jongo também são praticadas certas artes mágicas, como plantar, colher e cozinhar determinado alimento em alguns momentos. Bananeiras são plantadas, crescem literalmente a olhos vistos, dão cachos, estes amadurecem, e as bananas são comidas, durante as cantorias de uma roda de jongo, numa só noite.

Um conto semelhante foi recolhido por M. J. Carnoy (*Melusine*, I, 1878, col. 448 e seguintes). Uma outra bela versão da África do Norte foi publicada por M. Desparment, *Revue des Traditions Populaires*, XXVIII, 1913, página 29 e seguintes. Cf. Gédéon Huet, *Les Contes populaires*, I, 18 e seguintes. Em suas linhas gerais, é assim:

O jovem Ricardo, filho de um fazendeiro arruinado, aceitou do Diabo, para auxiliar o pai, um saco de mil escudos. Era preciso levar o saco vazio ao Diabo, na montanha negra, longe um ano e um dia, e depois disso Ricardo pertenceria ao Demônio, de corpo e alma. Ele deu o dinheiro ao pai e partiu. Para chegar à montanha negra, ele devia montar um corvo. Abandonado pela ave ao pé da montanha, acabou por chegar a um lago, onde as três filhas do Diabo se banhavam. Ele escondeu a roupa da mais bonita e não a devolveu enquanto não abraçou a moça. Depois, ela o levou ao pai, que o convidou para jantar. Conforme as indicações da moça, Ricardo tomou o cuidado de não comer carne nem beber vinho que lhe oferecessem, sabendo que, de outra maneira, seria envenenado. No dia seguinte, o Diabo, para que a alma de Ricardo não lhe escapasse, sujeitou-o a uma prova: com uma pá, uma enxada e um machado de pau, ele devia abater, cortar e desmanchar em achas todo um bosque de madeira. Ricardo não sabia o que fazer. A filha do Diabo veio em seu socorro: pronunciou uma fórmula mágica e todo o bosque se desfez em estilhas. No dia seguinte, nova prova: o Diabo levou um saco cheio de penas e com essas penas o moço devia fazer uma ponte. A filha novamente executou o trabalho. No dia seguinte, mandou-o o Diabo trepar numa torre de mármore, lisa como vidro. A moça lhe disse: "Corte-me em pedaços, e dos ossos faça uma escada". O moço assim fez, conseguindo atingir o alto da ponte. Porém, quando foi pôr os ossos da moça no lugar, esqueceu-se do dedinho do pé. A filha do Diabo não fez mais do que rir-se disso. Então, o Diabo disse ao rapaz que escolhesse entre as três filhas uma para esposa, mas não poderia ver o rosto de nenhuma delas ao escolher. O moço preferiu a que tinha quatro dedos só, num dos pés. Depois de casados, um dia o moço quis ver os pais. Tiveram que fugir para fazê-lo. A moça falou: "Vamos. Quando você vir uma nuvem negra se aproximando de nós, me avise. É meu pai que estará nos perseguindo". Quando viram a nuvem negra, ela se transformou num jardineiro, o cavalo, em fonte e ele, em regador. E de outra vez que a nuvem passou, procurando-os, ela se transformou em barco, ele, em pescador, o cavalo, em rio. E ainda uma vez se transformaram: ela, em padre, ele, em sineiro, o cavalo, em capela.

E assim conseguiram escapar.

Um traço dominante nas lendas europeias é o seguinte: o herói negligencia uma recomendação da esposa e a esquece. Acontece assim no conto conhecido na França. Na versão catalã, o pai da moça perdeu um anel no mar e o moço tinha que achá-lo (F. Maspons y Labros, *Lo Rondallayre*, I, Barcelona, 1871, p. 44).

Gédéon Huet cita um conto parecidíssimo, recolhido nas ilhas de Samoa, na Polinésia Central, e inclui: "Todas as versões têm elementos do conto 'A filha do Ogre',** que se reporta ao Somadeva, da Índia, do século XI".

De acordo com os estudos de Benfey, Loiseleur-Deslongchamps, Ang Guill, Sacy, de Schlegel, os contos vêm todos da mitologia oriental — persa e indiana. O lugar de origem dos contos é

---

* "Ogre", do latim *orcus*, inferno. Ogre: deus do inferno.

colocado na Índia por Benfey e Cosquin, e na Assírio-Babilônia pela escola pré-babilonista alemã (Gennep).

Uma velha história, corrente no sul de Minas, fala em hortas de couve, devoradas por três cavalos encantados; um branco, um castanho e um preto. A sequência desse conto não importa; o que importa é o seu final: o rei põe todas as filhas alinhadas por trás de um tapume de madeira, e o moço tem que escolher vendo-lhes somente as mãos. A mais nova e mais bonita, aquela que ele queria, tinha um defeito na ponta do dedo mindinho. Em uma versão dessa mesma história, a moça, para ser reconhecida pelo noivo, que não lhe podia ver o rosto, colocou um grão de arroz embaixo da unha do dedo mínimo.

Outrora, na Bretanha, a noiva se escondia e o futuro marido deveria achá-la. Em Berry, ela permanecia atrás de um grande pano branco com outras mulheres e ele deveria reconhecê-la ao contato das mãos ou dos pés, unicamente, circunstância que se encontra em diversos contos populares (Sébillot — *Le Folklore*, capítulo "Amor e Casamento"). As provas, como se sabe, pertencem ao folclore universal.

A nossa história da Branca-Flor, que pertence indiscutivelmente a uma cadeia de lendas europeias, vindas dos relatos orientais, confundiu-se com as lendas moçárabes, durante a invasão islamítica da península. Com efeito, espalharam-se profusamente em Portugal as lendas das mouras encantadas. Leia-se a respeito A. C. Pires de Lima, *Judeus, árabes e negros na história de Portugal*. Dizia um português do Alto Douro que Branca-Flor era uma linda princesa moura (Cachoeira Paulista, 1939). Entretanto, a tradição lusa escrita, e mesmo a oral, é diferente: Branca-Flor é uma cristã, roubada pelos mouros, e que um dia conseguiu fugir. Leite de Vasconcelos registra estes versos:

> *À guerra, à guerra, mourinhos,*
> *quero uma cristã cativa!*
> *Uns vão pelo mar abaixo,*
> *outros pela terra acima:*
> *tragam-me a cristã cativa,*
> *que é para nossa rainha.*
> ....
> *Juntaram muita riqueza*
> *de oiro e pedraria.*
> *Uma noite abençoada,*
> *fugiram da mouraria.*

Perceval, *Parcival*, ou *Parsifal*, é um dos mais longos romances do ciclo da Távola Redonda (século XII) da corte do rei Arthur. Dele existem diversas versões. Uma em versos, inacabada, de Cristiano de Troia; uma em prosa, anônima, do século XV, e uma alemã, em versos, atribuída a Wolfram von Eschenbach. Perceval vai livrar a pobre princesa Branca-Flor (Blanchefleur).

Nas variantes brasileiras, o nome da princesa varia: Branca-Flor, Linda-Flor e Branca-Rosa. Todos esses nomes são comuns na zona sul mineira e no Vale do Paraíba.

Como se viu páginas atrás, um elemento dissociado de "Branca-Flor" influiu em uma versão do "Afilhado do Diabo".

Se se fizesse uma excursão por esse misterioso subconsciente, concluir-se-ia, talvez, que a construção desta história e de outras do mesmo tipo obedece puramente ao desejo de fazer nascer um espinheiro, um lago, um monte, entre os nossos perseguidores e nós. Percebe-se até o fim do conto a mesma ordem de desejos. "A filha do Diabo", "Branca-Flor", poderoso mito que se encarrega de fazer as coisas que um pobre mortal não pode fazer, é o deus a quem passamos as nossas responsabilidades.

As peneiras do diabo

Era uma vez, num país dos longes do fim do mundo, um homem desses que se convencionou chamar "podre de rico". Era rico, riquíssimo, de uma riqueza exorbitante, desaforada em sua abundância. E como tantos que têm demais, não lhe ocorria olhar em torno e reparar que havia inúmeros pobres ao seu redor. E como gente habituada ao mando, não suportava que o contrariassem. Ele tudo sabia, tudo podia, tudo queria.

Certo dia, ao chegar em casa um pouco mais cedo, calhou de o jantar ainda não estar pronto. Enterrou o chapéu na cabeça outra vez, deu de mão no chicotinho e já ia saindo, pisando duro. A mulher perguntou:

— Vai sair outra vez? Você mal chegou. E o jantar não demora...

— Fique-se pra-í com seu jantar, sua desmazelada! Eu já vou!

— Vai pra onde, homem de Deus? Que criatura mais desinsofrida!

— Quer saber, mesmo? Pois vou pro inferno!

Montou e saiu, pleque! pleque! pela estrada. Não tinha andado muito, quando emparelhou com ele um homem de capa preta, morenão, garboso, com a mula preta relumeando de aperos de prata. Quando ele falou "boa-tarde!" com um sorriso largo, brilharam em sua boca os dentes de ouro.

— Ainda que mal pergunte — começou o estranho com delicadeza —, o senhor parece que está apressado. Pra onde vai?

— Pergunta bem — respondeu o rico, de mau modo. — Embora não seja da conta de ninguém, posso muito bem informar que vou pro inferno.

— Boa! — disse o homem, sem espanto nenhum. — Sabe o caminho?

— Não sei. Vou perguntando por aí.

— O senhor topou com o guia certo. Eu também vou pra lá.

O rico sentiu um baque no coração. Mas tinha falado estava falado.

— Vamos!

Foram-se os dois por uma estrada longa, que ia ficando cada vez mais escura à medida que progrediam e que a tarde ia morrendo. O cavalo do rico aguou, tão comprido era o caminho.

— Pule na minha garupa. Esta mula aguenta — disse o estranho, com um modo tão seco e áspero que o homem obedeceu, amedrontado.

E andaram que mais andaram, ainda, por muito tempo. Até que chegaram a um lugar muito bonito, de paisagem colorida pelas flores, céu azul, uma casa grande cheia de janelões, cercada de jardins e pomares.

— É aqui — disse o cavaleiro, apeando da mula preta.

Até que o inferno não é tão mau assim, disse consigo o rico, relanceando o olhar em torno. Tinha entrado numa sala muito larga, alta, cheia de frisos, sem lugar para sentar, sem mesas nem camas. No meio do salão havia um cavalete com uma tábua comprida; em cima da tábua, um fogareiro de ferro; em cima do fogareiro, uma peneira de ferro; sob a peneira, um fogo azul, em labaredas que passavam e repassavam, com um assobio, vindas do fogareiro; e, queimando e requeimando no fogo azul, uma caveira.

As labaredas envolviam a caveira de todos os lados, mas não deixavam traços de queimado. A caveira virava e estralava, de momento a momento mais feia, mas nem um "ai" se ouvia.

— Está morta?
— Para o mundo, está.
— Esse fogo não queima?
— Se não queima? E como!

— Durante muito tempo?

— Pelos séculos dos séculos.

— E é só essa peneira?

— Há outras, venha comigo!

Saíram os dois para outras salas e, sucessivamente, uma em cada sala, viram mais quatro peneiras: o mesmo fogo azul, com altas labaredas, sob a peneira de ferro, e a caveira se retorcendo ao que parecia com dores vivíssimas. E o fogo não se apagava nunca, nem a peneira se gastava, nem a caveira deixava de se estorcer. Somente uma peneira estava vazia.

— Nunca pensei que o inferno fosse assim — observou o homem. — Que coisa mais esquisita. Essas peneiras, esse fogo, e essas caveiras... De quem são?

— A primeira, no salão, é do seu tataravô; a segunda na sala seguinte, do seu bisavô; e sucessivamente, do seu avô e do seu pai. Estão há muito tempo nesse suplício...

— Por quê?

— Porque enriqueceram com dinheiro roubado.

— E a quinta peneira...? — perguntou o homem com medo, quase adivinhando.

— Está esperando você e a sua caveira.

Aí o homem ficou apavorado e começou a gritar em altos brados:

— Mas eu não fiz nada! Meu dinheiro não é roubado! Eu não sabia! Eu já nasci rico, seu homem da capa preta!

— Pare de gritar, que não adianta nada. E puxe daqui do meu inferno, que eu não quero gritadeira me azucrinando os ouvidos!

— Eu não posso nem pensar na minha caveira rodando naquele fogo azul.

— Pois então escute: conhece um sapateiro que tem banca na entrada da cidade?

— Não conheço sapateiro nenhum. Nunca me dei com gente sem dinheiro.

— Pois então trate de conhecer. Foi do tataravô dele que o seu tataravô tomou a riqueza, fazendo o velho de bobo. Desde aí a família inteira empobreceu, passaram de ricos a pobres sapateiros remendões e sofrem fome sempre, frio no inverno e vexames toda a vida. Enquanto essa gente sofrer, as caveiras continuam onde estão.

— ... E eu?...

— Você vem para a sua peneira, não tenha dúvida!

O Capa Preta deu um estouro, a casa sumiu, o homem se achou no meio de um descampado, sem saber como tinha ido parar ali. Não viu sombra de jardim, nem de pomar, nem de peneira, nem de coisa alguma. Por mais que alongasse a vista, somente encontrava mato rasteiro. Não deparou com vivalma, em mais de uma hora de caminho a pé. Alguns roceiros lhe indicaram o caminho. Um outro mais solícito o levou de carroça por um caminho estreito, até chegar a uma cidade. Peregrinando, pedindo pousada, mendigando comida, chegou a sua casa depois de um ano e um dia. Era um molambo só. Já o davam por morto.

— Marido de Deus! — clamou a mulher, ao vê-lo como um triste farrapo, desanimado, faminto. — Por onde andou, de onde veio assim... assim... — E desandou a chorar.

— Do inferno — disse ele.

Não é preciso dizer que ele entregou a riqueza mal ganha ao sapateiro remendão; que seu coração se adoçou e que ele passou a falar de manso e a conversar com homens do campo e com as crianças; que morreu daí a tempos, muito amado por todos.

Os pássaros fizeram ninhos numa trepadeira que se enrolava nos braços da cruz, sobre a sua sepultura. Trinavam alegremente, bem de manhãzinha, e depois vuuuu! para o imenso céu azul.

Peneira? Que peneira? Não me contaram esse pedaço...

É de chamar a atenção como é fácil ir ao inferno. Onde ele fica toda a gente sabe: no fundo da terra, e está continuamente em chamas, ideia que nos veio da erupção de vulcões, das fontes termais, dos jorros de água quente, de cavernas que vomitam enxofre e vapores de fogo.

Os indígenas do Havaí criam que Pelé e os outros deuses dos vulcões tinham escolhido para seu palácio as crateras do Kiro-Ea. Seu divertimento habitual consistia em nadar nas lavas ferventes. No Japão, o Tadé-Yama é um dos compartimentos do inferno.

Segundo os indígenas das ilhas Banks, as crateras servem para descer às regiões infernais. Na Islândia, cria-se que as aberturas dos gêisers eram a entrada do inferno e ninguém passava diante delas sem cuspir, dizendo: "Na goela do diabo!", conforme informa Sébillot, em *Le Folklore*. O inferno grego arde em chamas, como também o inferno católico.

Formando certo paralelismo com a história das cinco peneiras, numa variante da história do Ladrão Gaião, há uma cama reservada para cada pecador empedernido.

De acordo com o apocalipse de Henoch, que cita a lenda da revolta dos anjos, já existente na mitologia persa e, anteriormente, na mitologia grega, como um combate entre deuses na velha religião egípcia, a residência dos demônios é um vale subterrâneo, situado a oeste, perto das montanhas dos metais. Esta montanha está cheia de fogo, e dela exala um cheiro de enxofre.

Malasarte foi ao inferno e, como todos sabem, o Diabo não o quis lá.

Há todo um ciclo de homens que se tornaram compadres do Diabo e, ou foi o pai ao inferno, para desfazer o trato, ou foi o afilhado, por imposição do temeroso padrinho.

Certo rico, importunado por um agregado pobre que lhe pedia insistentemente um auxílio para passar a noite de Natal, mandou-o para o inferno. O pobre foi.

Hércules foi ao inferno para retirar Alceste. Dante lá entrou, conduzido por Virgílio. *"Facilis descensus Averni"*, diz ele. O mesmo que diz uma sibila a Eneias, acrescentando: "Difícil é a volta". Ulisses de Ítaca desceu ao inferno para consultar o mago Tirésias. A religião entra por muito nessas idas e vindas aos lugares de prêmio e castigo. Jesus desceu ao inferno, quando morreu; ao terceiro dia ressurgiu dos mortos. Nas várias histórias de jornadas infernais aparece a fada brasileira, a doce protetora dos desvalidos nos casos de encantamento: Nossa Senhora. Numa lenda da Bretanha, recolhida por Sébillot, um pobre homem vai ao fundo do mar e, aconselhado por Nossa Senhora, recolhe a primeira coisa que encontrou atrás da porta. Era um moinho e moía sal, ou qualquer coisa que lhe pedissem. Na lenda tessálica de Orfeu e Eurídice, desce Orfeu ao inferno.

O sargento de pau

Era uma vez um rei que tinha uma filha. A moça era tão linda que seu pai se apaixonou e quis se casar com ela. A moça se trancou no quarto, chorando. E então apareceu uma velhinha e disse:

— Minha filha, quando aparecer seu pai, amanhã cedo, você diz que só se casa se ele lhe der um vestido cor do campo com todas as flores.

A moça se conformou, enxugou os olhos e dormiu. No outro dia, bem cedo, apareceu risonha e falou:

— Meu pai! 'Tou resolvida a casar. Eu caso. Mas quero que o senhor me dê um vestido cor do campo com todas as flores.

A moça estava risonha, mas o pai se entristeceu. Aquele desejo que deu nele de casar com a filha era uma tentação do Diabo. E tanto era tentação do Diabo que no outro dia o Diabo apareceu, disfarçado em mascate, apregoando:

— Quem quer comprar um vestido cor do campo com todas as flores?

Aí foi a vez de o pai ficar contente e a filha chorar. Veio o vestido cor do campo com todas as flores. Aquilo se baralhava na vista da gente, feito campo florido quando dá o vento. Uma beleza! A moça, em vez de se engraçar com um vestido tão lindo, se trancou no quarto, a chorar, a chorar, que parecia um fim do mundo. E então apareceu outra vez a velhinha, madrinha dela. Era Nossa Senhora.

— Minha filha! Não chore! Peça hoje a seu pai um vestido cor do mar com todos os peixinhos.

A princesa ficou muito contente e foi falar ao pai que, para se casar, queria um vestido cor do mar com todos os peixinhos.

Pois, de dia, apareceu o Diabo mascateando:

— Quem quer comprar um vestido cor do mar com todos os peixinhos?

Então a moça se trancou no quarto, chorando, e nem quis ver o vestido verde-azulado, cheio de ondas que era ver mesmo o mar. E tinha peixinhos vivos, que nadavam naquela lindeza pra lá e pra cá. E toda a gente ficava de boca aberta de ver. Pela terceira vez, apareceu Nossa Senhora e mandou a moça pedir um vestido cor do céu com todas as estrelas. E pela terceira vez apareceu o Diabo mascateando. Esse vestido era o mais lindo de todos: azul, com um mundo de estrelas faiscando que doía a vista. Era o mesmo que ter cortado um pedaço do céu para costurar. Lindo, lindo, lindo como nunca se viu e nunca se há de ver mais coisa igual neste mundo. A moça nem olhou. Lá pelo meio da noite, apareceu Nossa Senhora. Deu à afilhada uma figura de pau que parecia um sargento.

— Arrume a sua roupa e entre aqui nesta figura com o baú e tudo. Saia pelo mundo. Eu ajudo.

A moça arrumou toda a roupa no baú, e botou por cima os três vestidos que o Diabo tinha vendido. Entrou no sargento de pau e fugiu. Andou, andou, andou, até que chegou ao outro reino e foi bater no palácio do rei. Quando viram aquele sargento de pau, feito assombração, bateram a porta na cara dele. O sargento deu a volta e foi bater nos fundos. Parecia que estava com tanta fome e tanta precisão e era tão delicado, apesar da feiura, que deram um emprego ao coitado. Ficou para limpar as cavalariças e tratar do cavalo branco do príncipe. Todo santo dia, o sargento de pau limpava tudo e depois lavava o cavalo branco, o mais bonito de todos, e o encilhava para o amo. O príncipe montava todo garboso, bonito que só ele, e até evitava olhar para o empregado, que era prestimoso, mas medonho de feio. E um dia, houve uma grande festa no palácio. Foi uma aprontação sem fim. Fizeram enfeites de ouro e flores. Convidaram príncipes e princesas do mundo inteiro. O príncipe vestiu a roupa de veludo bordada, a mais bonita que tinha. Quando apareceu no alto da escadaria de mármore, deu com o sargento de pau, feioso que até espantava os convidados.

— Que é que você está fazendo aqui?

— Ah! meu senhor! Eu queria tanto dar uma olhadinha na festa...

— Que festa, o quê? Vá para a cocheira que é o seu lugar!

Deu-lhe uma bofetada que o atirou pela escada abaixo. O sargento não se importou. Entrou no quartinho onde morava, saiu de dentro da figura de pau, e vestiu o vestido cor do campo com todas as flores. Nem bem pôs o pé no primeiro degrau, o príncipe que estava lá em cima viu aquela beleza e desceu depressa. Deu-lhe o braço e subiram juntos. Toda a gente perguntava, quem é, quem não é, e o príncipe foi o primeiro a querer saber.

— De onde a senhora é?

— Príncipe, eu sou da Terra da Bofetada.

— Onde é isso? Nunca ouvi falar nessa terra.

— Fica perto daqui.

E aí o príncipe reparou que ela nem tinha vindo de carruagem.

— Veio sozinha, princesa?

— Vim. Meu reino é muito perto.

E a toda a gente que perguntava, respondia só isto:

— Sou da Terra da Bofetada.

E o príncipe não tirou os olhos dela um instante. Terra da Bofetada. Onde será este reino, de que nunca ouvi falar? Quando o baile já estava para acabar, ela se aproveitou de uma distração do príncipe e saiu correndo, entrou no quartinho, tirou depressa o vestido e se escondeu na figura de pau. No outro dia, cedinho, já estava lavando a cavalariça. Ninguém olhou para o pobre limpador de chão. O príncipe mandou logo emissários por toda parte, procurando a princesa da Terra da Bofetada. Mas qual o quê! Ninguém tinha notícia daquela terra. Então o príncipe pegou a definhar, a definhar de saudade da moça tão linda. Até que os conselheiros falaram que o melhor era dar outra festa. Quem sabe a moça tornaria a aparecer? O príncipe aceitou o parecer e anunciou outra festa, mais bonita que a primeira. No dia da festa, encontrou no alto da escada o sargento de pau, esmolambado que não tinha mais onde se esmolambar, e perguntou:

— O que é que você veio fazer aqui outra vez? Você não vê que a sua feiura espanta os outros?

O sargento pediu:

— Senhor, meu amo, eu queria tanto assistir à festa, daqui de um cantinho, de um lugar onde ninguém me veja.

— Que assistir o quê? Vá para a cocheira fazer festa com os cavalos — falou e deu uma chicotada nele. O sargento nada disse. Trancou-se no quartinho, saiu da figura de pau e vestiu o vestido cor do mar com todos os peixinhos. Na hora em que ela apareceu, linda, com o vestido marulhando feito o mar, e com os peixinhos correndo pela água cor de água, correu um zum-zum de admiração. O príncipe desceu alvoroçado a escadaria de mármore. E eles subiram de braço, o príncipe e a princesa mais bonitos do mundo. A princesa dançou muito, numa alegria que só vendo. O príncipe falou da saudade que tinha tido dela, que tinha mandado gente procurar a Terra da Bofetada e ninguém soube dar notícia. Então a moça riu e disse:

— Eu agora moro na Terra da Chicotada.

Acabou o baile e quando o príncipe procurou a moça, ela não estava mais no salão. No outro dia, mandou gente procurar a Terra da Chicotada e ninguém a encontrou. Essa terra também não era conhecida. Ele ficou acabrunhado e deixou de comer, nunca mais quis saber de divertimentos, nem de caçadas, nem de jogos. Os conselheiros pegaram a falar que era melhor dar outra festa, para ver se aquela princesa misteriosa aparecia. No dia da festa, o príncipe encontrou o sargento de pau, mas andava tão louco da vida que não perguntou nada e nem quis saber de nada. Deu logo um pontapé no calunga que ele desceu a escada sem esbarrar nos degraus. O sargento entrou no quartinho, vestiu o vestido cor do céu com todas as estrelas e foi para o salão. Nem bem ela apareceu, ficou tudo num resplendor que parecia um dia. Todas as estrelas do vestido brilhavam. E ela, linda feito uma fada, ali subindo os degraus. O príncipe ficou tão emocionado que nem falar podia. Pegou na mão da princesa mais bonita do mundo e subiram a escadaria. Toda a gente se admirou. Toda a gente ficou de boca aberta vendo a beleza dela. O príncipe então nem via mais nada.

— Princesa, eu quase morri de saudade. Procurei a Terra da Chicotada e ninguém sabia onde era.

A moça riu e falou:

— Agora eu moro na Terra do Pontapé.

O príncipe disse que ele não podia mais ficar assim, que ele tinha que saber direito. Que ela falava que morava na Terra da Bofetada, na Terra da Chicotada, na Terra do Pontapé e no fim não morava em nenhum desses lugares. Que se ela não se casasse com ele, ele ainda morreria de tristeza. Mas, no fim do baile, quando ele procurou a princesa, ela já tinha ido embora. E aí o príncipe só faltou chorar. Não houve canto que ele não corresse, procurando a moça. Não houve lugar no mundo a que ele não mandasse emissários, procurando a Terra do Pontapé. E nada. Deu outra festa. Esperou até meia-noite e nada. A princesa mais bonita do mundo não apareceu. Então o príncipe caiu de cama e parecia que ia morrer. Acabaram-se as festas do reino, a alegria, os jogos, as caçadas, a animação. Morreu tudo. Ficou toda a gente ansiada, esperando o príncipe sarar e rezando por ele. Todos os médicos da corte vieram e nada podiam fazer. Aqui nada adiantava, diziam. O que adianta é mandar buscar a moça. E ninguém encontrava a princesa mais bonita do mundo. O sargento de pau aparecia na cozinha e perguntava do moço, com uma cara muito triste. Logo o enxotavam de lá, porque vinha tão sujo e tão feio que dava mesmo vontade de mandá-lo embora. E então, quando já estava tudo perdido, e ninguém tinha esperança mais de nada, um dia o sargento de pau mandou dizer à rainha mãe que sabia de um remédio que era só o príncipe tomar e sarar. A rainha não se importou com o recado. No outro dia, o sargento mandou dizer a mesma coisa. Também não fizeram conta. No terceiro dia, a rainha falou:

— É a última esperança. Falem ao sargento de pau que pode mandar o remédio.

O sargento cortou uma porção de ervas, pisou bem, fez uma tisana, botou dentro o anel de brilhante que tinha usado nos bailes e mandou a beberagem ao príncipe. Ele foi bebendo aquilo de má vontade, mas quando chegou ao fim e encontrou o anel, levantou da cama gritando que queria ver quem tinha feito o remédio. Disseram que foi o sargento de pau.

— Então mande esse homem aqui. Ele deve saber onde está a princesa.

Bem nessa hora apareceu a princesa mais bonita do mundo, na porta do quarto. Vinha linda, linda, com o vestido cor do céu com todas as estrelas. O príncipe sarou na mesma hora, e a corte inteira começou a se aprontar para o casamento.

Casaram, tiveram muitos filhos e viveram felizes por muitos e muitos anos. A vaca Vitória entrou por uma porta e saiu por outra e quem quiser que conte outra história.

Temos ouvido esta história de várias velhas contadoras de casos, analfabetas, com uma ou outra ligeira variante.

Vê-se claramente que o "Sargento de pau" não é mais que uma adaptação de "Peau d'âne", o velho conto recontado por Perrault. Em 1893, Marian Roalf Cox pôde reunir 77 variantes desse conto de caráter internacional ("Cinderela" — Londres). Gédéon Huet reporta a sua origem, bem como da "Gata Borralheira", "Cinderela" (ou "Cendrillon" da versão francesa), no Egito. Nesse país há variantes extremamente difundidas, que apresentam uma tal analogia com "Cinderela" e "Pele de Asno" e, em certas versões com os pormenores de tal maneira entremeados que Marian Cox foi obrigada, para ser completa, a tratar de "Pele de Asno" em seguida de "Cinderela". A versão "Pele de Asno" é própria da França. Porém a princesa, que é um sargento de pau aqui no Brasil, disfarça-se também com pele de gato, pelo de porco, pele de um cadáver humano, com um vestido de pelo de rato, de mulher velha (Índia), com roupas feitas de bicos de gralhas (Finlândia), de bicos de corvos (Dinamarca), de olhos de gato (Polônia). Ou foge num estojo de pau, numa figura de pau, numa bola de pau (Blida), mesmo num grande pilão (Itália). Alfred Apell conta em *Contos populares russos* (Lisboa) o caso de "Pelo de Porco", do príncipe Daniel Govorila, e a filha que não queria se casar com o próprio pai. A mesma história é conhecida em Portugal, na região do Algarve. Uma variante colhida por Leite de Vasconcelos — *Ensaios etnográficos*, II, 118 — refere-se ao Bicho Cortição, que se meteu na pele de um cavalo. A variante de Requião (Portugal), "Conselho de Famalicão", citada pelo mesmo autor, tem elementos da história de Branca de Neve. A variante do Minho (Portugal) conta a doença do príncipe e mais um pormenor que, entre nós, está no conto "Branca-Flor": estando à mesa a princesa e seu pai, a filha pergunta:

"Meu pai, não se lembra etc.". Na versão da Beira Alta, a princesa se chama Bicho Cortiço. Numa versão portuguesa de "Pele de Asno", incluída por Luís da Câmara Cascudo em *Contos tradicionais do Brasil*, a moça se chama Bicho de Palha. Aurélio M. Espinosa (op. cit.) recolheu em Cuenca, Espanha, *"La Zamarra"*, variante de "Pele de Asno". "Los Três Trajes", em Zamora, é uma nova versão dos três trajes em Jaraiz, de "La Vera" (Cáceres) e um outro conto da série — as belas perseguidas, com elementos de "Pele de Asno" e de "Cinderela" — é o de "La Puerquecilla", recolhido em Granada.

Variantes de "Pele de Asno" foram recolhidas por Sílvio Romero em Sergipe e na Sérvia por Afanasiev. Schleicher recolheu uma na Lituânia, Schott na Valáquia, Hahn na Grécia, Cosquin na França, Grimm na Alemanha, Prym na Síria, Straparola nos contos italianos do século XVI, Genzenbach na Sicília, Campbell na Escócia, Busk em Roma (Cf. José Rodrigues de Carvalho — *Cancioneiro do Norte**).

Um trecho de um conto da alta Bretanha parece à primeira vista absurdo. Quando a roupa de uma princesa se tornou usada, seus pais lhe compraram um vestido de madeira e chamaram-na Jaquete de Pau (Sébillot — op. cit.). Em uma variante, a roupa não é mais que cor de pau, o que indica racionalização de um episódio que não era mais cumprido (Letourneau).

Independentemente das roupas de cascas, usadas em algumas regiões da África e da Polinésia, encontra-se numa população africana o uso de vestimentas feitas de madeira, e supõe-se que o

---

* CARVALHO, José Rodrigues de. *Cancioneiro do Norte*. 4ª ed. João Pessoa: Conselho Estadual de Cultura, 1967.

conto foi recontado em certa época, em um país onde existia essa maneira de vestir. A explicação é de Sébillot. A saia de esquilhas figura entre os vestidos que a menina pediu ao pai, numa das variantes de "Pele de Asno", mencionada por Luís da Câmara Cascudo (*Os melhores contos populares de Portugal*). É citável o nome "Cara-de-Pau", do mesmo autor, versão portuguesa, e ainda "Bicho de Palha", incluída nos *Contos tradicionais do Brasil*.

As roupas mágicas se encontram nos contos servos, russos e nas narrações da Europa Meridional e Ocidental. Na curiosa versão da África do Norte (Blida) recolhida por M. Desparment (*Revue des Traditions Populaires*, XXVIII, 1913, 308), falta o episódio em que a heroína exige do seu pai as roupas mágicas, mas faz-se menção a um cafetã bordado a ouro.

O rei apaixonado pela filha se encontra nos antigos relatos gregos e egípcios.

Seria possível entre nós a confusão entre "Cinderela" e "Pele de Asno". Entretanto tal confusão não se deu, mantendo-se as duas histórias distintas, apesar de sua grande semelhança. Ambas as princesas se escondem sob um disfarce repugnante ou feio. Pele de Asno, que é nosso sargento de pau, esconde-se dentro de uma figura de madeira; Cinderela, a Gata Borralheira, nas cinzas do fogão.

Collin de Plancy dizia ter tido "Pele de Asno" origem na vida de Santa Dinfna, desejada pelo pai, e venerada a 15 de maio (Cf. Luís da Câmara Cascudo — *Os melhores contos populares de Portugal*. Referência a "Cara-de-Pau").

Os três bailes, com três vestidos diferentes, figuram nas versões da Gata Borralheira e Maria Borralheira, fixadas por Adolfo Coelho, Consiglieri Pedroso e Teófilo Braga em Portugal (Luís da

Câmara Cascudo, op. cit.). Este último menciona a Linda Branca dos Açores.

Bladé, em *Contes de Gascogne* (I, 181-274), reuniu dez contos — "Les Belles Pérsecutées" — que apresentam os mesmos característicos de "Pele de Asno" e "Cinderela", por um lado, de "Branca de Neve" e "Branca-Flor", por outro. Aurélio M. Espinosa — *Cuentos Populares Españoles* — apresenta uma colheita ainda mais copiosa de contos semelhantes.

Há em comum, em todas essas histórias, a fuga. O centro, a ideia fundamental de todas as versões, é o esconderijo de uma linda princesa. Mesmo o episódio do rei apaixonado pela filha carece de importância. Este último pode ser influência de antigos contos gregos. Essa influência é mais nítida em "Pele de Asno" e na história de Branca-Flor. Ambas fogem do pai. Uma porque ele queria matá-la, outra porque o pai queria se casar com ela.

Possivelmente, todos esses contos amorais e maravilhosos surgiram como breves descrições simbólicas de tesouros escondidos.

Podemos fazer ligação entre muitas belas perseguidas: Maria Borralheira, Maria Galinheira, Cinderela, Cendrillon. É o motivo 510 do livro *The Types of the Folktale*, de Aarne-Thompson, difundido em toda a Europa. Em todas as histórias constam o disfarce, a vara de condão, os três vestidos maravilhosos, os bailes, a perda do sapatinho, o processo de identificação.

Os dois papudos

Vivia numa povoação um alegre papudo, estimado de todos, muito folgazão e boêmio. Não o impedia o papo de soltar grandes risadas. Pouco se lhe dava se o achassem feio ou o chamassem de papudo. A verdade é que o tal papo o incomodava, mas o que não tem remédio remediado está, filosofava ele. E vamos tocar viola, e vamos amanhecer nos fandangos, viva a alegria, minha gente, que se vive uma vez só.

Certo dia, foi ao povoado vizinho, a uma festa de casamento, levando embaixo do braço a inseparável viola. Demorou mais que de costume, bebeu uns tragos a mais, porém não deixou de voltar para casa, pois era tão trabalhador quanto festeiro, e tinha que pegar no serviço no outro dia bem cedo.

Havia luar. Num grande estirão avistava a estrada larga, as touceiras de mato. Passava o gambá por perto dele, e o tatu, roncando, e voava baixo, silenciosamente, a coruja campeira. O papudo não sentia medo. Andava em paz com Deus e com os homens. Os animais, que adivinhavam nele um homem de coração compassivo, também não tinham medo dele.

De repente, ao virar um curva, viu embaixo de uma figueira brava, ramalhuda, uma roda de anões cantando. Todos com capuzes vermelhos, cachimbo com a brasa luzindo, a barba branca comprida, descendo até a altura do peito.

— O que será aquilo?

Por um instante teve algum temor. Mas era tarde para fugir. Os foliões já o tinham visto. E, se se tratava de festa, isso era com ele. Saltou decidido para o meio da roda, empunhando a viola.

— Eu também sei cantar.

Enquanto pinicava as cordas, prestava atenção às palavras dos dançarinos. Eles entoavam:

Segunda, terça,
quarta, quinta...
E voltavam ao começo:
Segunda, terça,
quarta, quinta...

E assim sempre, uma musiquinha muito cacete. Acostumado aos desafios, a improvisar, o papudo esperou a deixa. Assim que os anões começaram:

Segunda, terça,
quarta, quinta...
ele emendou:
Sexta, sábado,
domingo também.

A roda pegou fogo. Os pequenos duendes barbudos gostaram da novidade. Rodopiavam cantando numa animação delirante, e foi assim a noite toda. E o papudo tocando e cantando.

De madrugada, ao primeiro cantar do galo, a roda se desfez. O mais velho deles, e que parecia o chefe, perguntou-lhe:

— Que é que você quer, em paga de ter tocado para nós?

— Eu até que me diverti com esta festa — replicou o papudo.

— Mas peça qualquer coisa.

— Posso pedir seja o que for?

— Pode.

— Eu queria — disse ele, meio hesitante —, queria me ver livre deste papo, que me incomoda muito.

Um anãozinho agarrou o papo com as duas mãos, subiu pelo peito do papudo, firmou bem os pés, deu um arranção.

O papudo fechou os olhos.

— Agora eles me matam.

De repente sentiu o pescoço leve. Abriu os olhos. Os anõezinhos tinham sumido. Não ouviu mais nada. Meio cinzento, despontava o dia.

Sonhei, pensou ele. *Bebi demais naquele casamento.*

Passou a mão pelo pescoço. Estava liso, sem excrescência alguma.

Agora fiquei mais bonito, pensou também, muito satisfeito.

E aí deu com o papo jogado em cima do cupim.

Agarrou a viola e foi para casa.

Imagine-se a sensação que não foi, o papudo amanhecer, sem mais nem menos, sem o papo.

— Que milagre foi esse? — perguntavam.

Papudo ria, papudo cantava, continuava folgazão como sempre, mas não contava a aventura, de medo que o chamassem de louco e não acreditassem.

Esse moço tinha um compadre, que também era papudo.

E tanto apertou o amigo, e tanto falou:

— Eu também quero me ver livre deste aleijão. Quero ficar bonito, e arranjar uma namorada. Você não é amigo.

Foi assim, até que o moço lhe contou tudo.

O outro o encarou, incrédulo.

— Verdade?

— Verdade.

— O anão falou que você podia pedir o que quisesse?

— Falou.

— E você em vez de pedir riquezas, pediu para ficar sem o papo?

— Ora, pobreza não me incomoda, mas o papo incomodava.

— Mas você é um louco. Você é burro. Pedisse riqueza. Quem é rico, que é que tem o papo? Quem se incomoda com o papo? Eu, se fosse rico, me casaria com mulher bonita, do mesmo jeito. Você é bobo. Onde é esse lugar, onde você encontrou os fantasmas?

O outro preveniu:

— Compadre, você vai lá com esganação, vai ofender os anõezinhos, e ainda se arrepende.

— Nada disso. Você o que é, é um egoísta. Está formoso, que se danem os outros.

Aí o moço encolheu os ombros e falou:

— Sua alma, sua palma. Vá lá, depois não se queixe.

Ensinou onde era, o compadre invejoso agarrou a viola e foi, noite alta, direitinho como o outro tinha feito. Também era noite de luar. Também dançou a noite inteira, cantando. Ao primeiro cantar do galo a roda se desfez.

— Que é que você quer, em paga de ter tocado para nós?

O papudo deu uma piscadela maliciosa para o anão e falou, esfregando o indicador e o polegar, no gesto clássico que significa dinheiro:

— Eu quero aquilo que o meu compadre não quis.

Um anãozinho foi ao cupim, tirou o papo do outro que estava lá, e grudou em cima do papo do invejoso.

E assim, por sua louca ambição, ele ficou com dois papos.

VARIANTE

Em terras da África, talvez por via da dominação portuguesa e europeia em geral, há uma variante, assim:

A corcundinha Kaoumba era alegre como um passarinho. Levantava madrugadinha cantando, fazia as tarefas e carregava a giba com uma aceitação comovente. Os maldosos e ignorantes passavam as mãos nas suas costas, para terem sorte, e isso não agradava a pobre negra. Nem por isso tratava malcriadamente os grosseirões. Ia para o rio, esfregar a roupa, ou buscar a água, carregando a vasilha de barro cheia sobre os ombros com o mesmo riso ou a mesma cantiga nos lábios.

Todos gostavam dela. De tal modo que conseguiu por fim conquistar um belo guerreiro. Ele não lhe notava o defeito, a corcundinha redonda, ridícula, a postura curvada. Olhava com amor para ela, para dentro de seus olhos, de um negro líquido; lindos.

Casaram-se e foram morar numa cubata de troncos, ao lado de um frondoso tamarindeiro. Momar, o guerreiro, estava feliz. Kaoumba, a corcundinha, estava feliz.

No entanto, a moça tinha um desejo escondido no mais fundo do coração, que nem a si mesma confessava claramente. Era impossível o que queria. Ah! se lhe fosse dado alijar para sempre a horrível corcunda, pesada de carregar e de sofrer!

Ao ver as pessoas de corpo desempenado, os seus olhos cintilavam, mas o sorriso não se lhe apagava dos lábios, não lhe

• HISTÓRIAS DE ENCANTAMENTO •

morria o canto na garganta, ninguém lhe ouvia o menor queixume. Jamais ofendia com reclamações e ingratidão os gênios tutelares da tribo. Nem por atos, nem por palavras. O bom do Momar era igualmente tranquilo, e igualmente respeitava os deuses. Por isso, eles podiam descansar à sombra dos tamarindeiros, sem recear a visita dos gênios.

Certo dia, Momar dormia sob a árvore ramalhuda e Kaoumba, sentada num banquinho ao seu lado, costurava. O dia estava quente, claro, a brisa soprava de manso, mal tocando as folhas escuras. Muito tênue, quase um murmúrio, um chamado lhe chegou aos ouvidos. Parecia que a chamavam:."Kaoumba! Kaoumba!". Ela olhou para os lados, não viu ninguém, sorriu para si mesma. Às vezes os moleques a chamavam, e riam dela perdidamente, fazendo gestos, correndo, tentando fazê-la se zangar. Ela murmurava: "Crianças!". Mas o coração doía. *Acho que estou com mania de preocupação.* Continuou a costurar, e novamente ouviu o cochicho: Kaoumba! Kaoumba!

— Quem me chama?

— Aqui, Kaoumba! Aqui em cima.

A moça ergueu os olhos e viu entre os ramos uma velha muito velha, de cabelos compridos, assanhados, mais brancos do que o algodão debulhado.

— Estás em paz, Kaoumba?

— Em boa paz, Mame.****

— Chegue para cá e escute. Que ninguém mais saiba, nem o Momar, destas coisas que vou dizer.

— Pode falar, Mame.

---

* "Mame" quer dizer avó.

— Conheço o seu coração e o seu grande mérito, desde que você sabe qual a sua mão direita e qual a esquerda. Quero prestar a você um grande favor.

Nesse ponto já estavam as duas murmurando juntas, no primeiro galho do tamarindo.

— Na primeira sexta-feira de lua cheia, na colina de argila N'Guew, as moças-gênio irão dançar, durante a noite. Você subirá a colina, bem de tardezinha, quando a terra tiver esfriado. A dança é de roda. O tantã ressoa desatinado. Quando a roda está girando muito rápido, as moças se cansam, e revezam. Uma dançarina substitui a outra. Então, você se aproxima da moça-gênio que estiver mais próxima e diz: "Tome! Pegue a criança que trago nas costas. É minha vez de dançar".

O rosto de Kaoumba se iluminou.

— A senhora acha que... eu posso ter esperança... eu, Mame? Mas a velha, muito velha, não estava mais lá.

E foi aí que o tempo deu de não passar. Kaoumba, de tão ansiosa que esperava a noite de luar, a noite de lua cheia, nem cantava mais. E depois de mais umas semanas que valeram um século, numa sexta-feira a moça se dirigiu à colina, mal caiu a noite. Esperou, escondida entre as árvores, até que, já bem tarde, com a lua alta no céu, e a terra prateada e clara como um dia, apareceram as moças encantadas e começaram a dançar o "sa n'diaye", dando voltas e voltas, umas atrás das outras, cheias de alegria.

Quando a dança atingiu um alto grau de excitação, Kaoumba se achegou a uma das moças, apresentou-lhe as costas e falou com voz trêmula:

— Tome! Pegue a criança! É a minha vez!

• HISTÓRIAS DE ENCANTAMENTO •

A moça agarrou a corcunda de Kaoumba, puxou-a, de repente Kaoumba estava mais leve, e fugiu. Nesse momento o galo cantou pela primeira vez, anunciando a madrugada, outros galos cantaram e foi o fim de tudo. Desapareceram os duendes, acabou-se a música, a paisagem tomou um tom geral de neblina, de névoa, de fantasmagoria, e Kaoumba entrou em casa como um vento. Fosse por ter o sono pesado, fosse que a sua velha protetora lhe aprofundasse o sono, Momar, que dormia, resmungou, sonhando, virou-se na cama e não acordou.

Kaoumba já não tinha corcunda. Seus cabelos entrançados desciam-lhe até as costas, pelo pescoço fino e longo como o de uma gazela.

Ah! meus meninos! Isto foi morte para os invejosos. Entre os que mais amargavam o fel da inveja estava uma outra moça corcunda, chamada Khary. Esta queria porque queria saber como a linda Kaoumba tinha conseguido ficar tão esbelta e elegante. Embora os gênios não lhe tivessem pedido segredo, a moça hesitava em contar, temerosa de consequências ruins para si e para outros. Mas Khary tanto insistiu, apertou-a de tal modo, que ela acabou contando tudo. A outra não perdeu tempo. Na primeira noite de lua cheia que caiu em sexta-feira, lá foi a invejosa, para se ver livre da corcunda que a impedia de ser tão bela quanto desejava. Tudo aconteceu como da outra vez. Formou-se a roda das dançarinas. Cantou-se que varou a noite; a moça entrou na roda, voltou as costas a uma das dançarinas e recitou a fórmula decorada:

— Tome. Pegue a criança. É a minha vez de dançar.

— Agora não — respondeu o gênio. — A vez é minha. Tome! Guarde esta que me confiaram durante uma lua inteira, e ninguém veio reclamar.

E assim dizendo, colocou nas costas de Khary a corcunda de Kaoumba. O galo cantou. Fiiiiiiu! Voaram os gênios.

Khary, em desespero, atirou-se ao mar. No mesmo dia apareceram dois cumes sobre as águas, iguais em tudo e por tudo. São as duas corcundas de Khary-Khougé, que surgem além da ponta de Cabo Verde. A elas os últimos raios de sol iluminam cada dia, sobre terras de África.

Em várias cidades do médio Vale do Paraíba, estado de São Paulo, divisa com Rio de Janeiro e Minas Gerais, são diabos que cantam embaixo de gigantescas figueiras. Cantigas de roda, como de cana-verde. A música é monocórdia e só um refrão, que um dos papudos enriqueceu. O segundo papudo, o invejoso, acrescentou a palavra domingo e foi castigado, porque o Diabo não gosta que se lhe fale no dia do Senhor.

Aqui temos o correspondente do nosso conto no folclore espanhol:

As bruxas foram a Sevilha cantando:

*Lunes y martes
y miércoles, três...*

Um tresnoitador corcunda, notando que a cantiga das bruxas se limitava a esse refrão, respondeu:

*Jueves y viernes
y sábado, seis...*

O versinho caiu no gosto das bruxas e elas lhe endireitaram em paga a corcunda. Um amigo, que também era corcunda, quando soube, foi fazer o mesmo e se pôs a observar as bruxas. Elas passaram, cantando, montadas em suas vassouras:

Lunes y martes
y miércoles, três...
Jueves y viernes
y sábado, seis...

Foi o corcunda e gritou:

Y el domingo, siete!

Sendo o domingo o dia do Senhor (vejam a justificação, igual à dos demônios brasileiros), as bruxas se enfurecem, pegam o infeliz corcunda e grudam-lhe no peito a corcunda do amigo. Leia-se Constantino Cabral, em *Mitologia ibérica*.

Temos ainda esta história oriunda das gentes vascainhas:

Um corcunda está louco de amor por uma moça e vai vê-la todos os dias. Mas a moça lhe diz que não vá aos sábados. O moço desconfia, vigia a namorada e descobre que ela é bruxa. Surpreendida em uma de suas saídas noturnas, na noite de sábado, ela o leva consigo depois de lhe ensinar como deve proceder... No caminho, o bando de bruxas canta:

Lundi, un; mardi, deux; mercredi, trois;
Jeudi, quatre; vendredi, cinq; samedi, six...

Contrariando os conselhos da noiva, o rapaz completa:

Et dimanche, sept...

Cortaram-lhe a corcunda, para castigá-lo. Um outro corcunda, que soube do caso, fez o mesmo. Resultado: puseram-lhe sobre a giba que já tinha a giba cortada do outro. Contou Julien Vinson, *Le Folklore du Pays basque*, Paris, 1883, 14.

Em *Contos populares de Portugal*, Luís da Câmara Cascudo conta uma variante, com este refrão:

*Entre quintas, sextas e sábados
e aos domingos, se for necessário.*

Conforme apontamentos desse autor, existem variantes do mesmo conto na Irlanda, Bretanha, Lorena (França) e em Costa Rica, na América Central.

O conto 182, dos irmãos Grimm, é um símile dessas histórias e foi colhido na Europa do Norte:

Um pobre homem voltava para casa e era quase meia-noite. Teve que atravessar uma charneca e então viu gnomos dançando à claridade do luar. Quis fugir, mas não pôde. Os anões já o tinham visto. Cercaram-no e o levaram para o meio da roda. Aos primeiros palores da alvorada, desapareceram. Deixaram uma barra de ouro no chão, em recompensa de seus serviços.

"The Gifts of the Little People" é o motivo 503 do livro *The Types of the Folktale*, de Aarne-Thompson.

A pombinha e a Moura-Torta

Era uma vez um moço, afilhado da rainha das fadas.

— Vou visitar minha madrinha — disse um dia.

E foi. Esteve no reino encantado das fadas muito tempo, deleitado com tudo que via lá. Quando se despediu, a fada lhe deu três gamboas das grandes.

— Não abra esses frutos, enquanto não estiver perto de água — recomendou ela, sem explicar para que serviam, nem se continham alguma coisa boa.

Como gamboa não é fruta que presta para chupar, pois o caldo é azedo como o quê, o moço encolheu os ombros, meio desapontado com o presente da madrinha, e se foi.

— "Podia me dar coisa melhor, mas assim como assim, passei um belo tempo na casa dela."

Foi andando para casa, com as três gamboas no surrão, e pensando. Se a madrinha mandou que não abrisse é que era para abrir. "Quando chegasse perto da água." Vou abrir aqui mesmo — resolveu. Estava numa planura pedrenta, empoeirada, sem uma árvore, sem um capim, sem uma poça onde um passarinho pudesse beber. Pegou o facão, zás. Cortou ao meio a gamboa. De dentro dela saltou uma linda moça de cabelos compridos e pediu:

— Água.

Atarantado, o moço olhou em volta.

A moça pedia:

— Água, água!

— Não tem — disse o moço. — Espere até encontrarmos um riozinho.

Mas a moça foi desfalecendo e suspirando e gemendo e morreu.

O moço foi andando, só com duas gamboas no surrão. "Assim que achar água, abro outra fruta." Andou e andou, e nada de encontrar rio nem lagoa, nem poço, nem mina. Muito curioso, decidiu se aventurar. "Na primeira estava a moça, nesta é capaz de estar outra coisa." Pegou o facão e abriu no meio a segunda gamboa e outra moça mais linda do que a primeira saltou, pedindo logo:

— Água.

— Não tenho, moça.

— Água, pelo amor de Deus.

Muito triste, ele viu a moça definhar, ir se acabando como vela consumida, e gemendo, gemendo, morrer.

"Agora não abro a outra sem ser perto de um rio."

Enfiou o pé no caminho e foi, foi, até encontrar um rio límpido, na entrada de uma cidade. Nas margens havia umas pedras redondas. Sentou-se numa delas, e com o facão, zás, cortou a última fruta. Saltou de dentro dela a moça mais linda que seus olhos já tinham visto. Parou de boca aberta, olhando para ela.

— Água! — pediu a moça.

Com a cuia formada pela metade do fruto, apanhou água do rio e deu à moça, que bebeu a grandes goles ávidos.

— Mais.

Depois de saciada a sede, quiseram ir para a cidade, mas a moça não tinha roupa. Estava coberta apenas pela abundante cabeleira que lhe descia pelos ombros, pelas costas, e a envolvia completamente como uma cascata de ouro.

O moço olhou para todos os lados, procurando um esconderijo. Curvando a galhada para o rio, havia um viçoso ingazeiro, de folhagem cheia.

— Você sobe na árvore e fica lá em cima. Não desça, não fale com ninguém. Vou comprar vestidos para você e já volto.

Foi.

Nesse meio-tempo chegou ao rio, com um pote na cabeça, a Moura-Torta. Tinha ido buscar água para a patroa. Era baixinha, corcunda, gorda, vesga, dentuça, tinha a pele escura e o cabelo encarapinhado. Chegou, pôs o pote em cima da pedra e se olhou na superfície da água, mansa e lisa como vidro. O que lá viu, tirou-lhe a respiração.

— Ah! E esse povo diz que eu sou feia. Com esse cabelo dourado e essa pele de leite. E esses olhos de conta. E essas faces de pétalas. Não trabalho mais de empregada. Vou casar com o filho do senhor rei.

Agarrou o pote e tan, arrebentou com ele na pedra.

A moça, lá em cima, não se conteve e uma risada argentina chegou aos ouvidos da Moura-Torta.

— Ahn! Então foi você que eu vi na água. Desça daí, minha pombinha branca. Vem que eu vou lhe fazer cafuné.

A moça desceu, sentou no chão, a negra se ajeitou na pedra, pôs-se a mexer-lhe no cabelo, dando um estalinho com a unha, de vez em quando, como quem mata piolho em cima da unha. O calor era muito, o mormaço amolecia o corpo, a negra resmungava, resmungava, a moça foi contando, contando a sua historiazinha tão curta, como nascera dentro de uma gamboa, como vira na mesma hora o moço bonito, e bebera água do rio, e estava ali esperando o noivo, para irem se casar.

— Só isso? — perguntava a Moura-Torta, resmungona.

— Só isso.

E com pouco a moça adormeceu. Vendo-a abandonada com a cabeça no seu colo, bela como uma flor, a Moura-Torta tirou um alfinete comprido da carapinha, afastou os cabelos da moça, repartindo-os, enfiou-lhe no alto da cabeça o alfinete, resmungando, resmungando.

A moça se transformou imediatamente numa pombinha branca e voou para bem longe. A Moura-Torta, sentada estava, sentada ficou.

De tardezinha chegou o moço.

Olhou para a árvore, não viu ninguém. Só aquela feiura de Moura-Torta, em cima da pedra.

— Dona — indagou aflito —, não viu uma moça bonita, de longos cabelos, aqui perto do rio, ou então nesta árvore?

— Sou eu a moça. Sou a noiva que você deixou para ir buscar vestidos.

O moço se espantou:

— Mas era tão linda, de pele de leite...

— Ah! Foi o sol que me queimou.

— E de cabelo tão liso e dourado...

— Foram a poeira e o calor que me estragaram os cabelos.

— E os olhos de conta.

— Foi de tanto espiar para o caminho, para ver se você vinha, que os meus olhos se avermelharam.

— E era desempenada, direita, reta como uma lança.

— Ah! Foi o cansaço que entortou meu corpo.

— E tinha as faces de pétalas.

— O vento crestou a minha pele. E piriricou o meu lábio.

O moço pensou e pensou. Devia ter cuidado mais da moça bonita. Devia tê-la levado consigo. Agora era tarde. A moça do encanto se transformara numa bruxa. Porém, como era moço de uma palavra só, deu-lhe os vestidos, levou-a para casa, casou-se com ela, e tratava-a com todo o carinho. A Moura-Torta dormia em cama fofa, tinha aia, comia do bom e do melhor, banhava-se em banheira de mármore, e se vestia de veludo e seda.

    Um dia, o moço, chegando à janela, reparou numa pombinha branca, olhando curiosa para o lado dele. Muito tempo ficou a pombinha se balançando no galho. No outro dia, assim que chegou, foi à janela, e lá estava ela, branquinha, espiando. Agradado com o seu arzinho petulante, deixava-se estar debruçado ao peitoril, contemplando-a. A Moura-Torta nem dava pela coisa. Ocupava-se em devorar doces e confeitos, em experimentar vestidos bonitos, em alisar a gaforinha com óleos caros e perfumes. Mas um dia, reparou.

    — Que faz você tanto tempo na janela, todos os dias? — perguntou ao marido.

    — É uma pombinha que fica na árvore olhando para cá — contou ele.

    — Branquinha? — ela perguntou.

    — É.

    — Todos os dias? — ela tornou a perguntar.

    — Todos os dias.

    — Então é essa mesma que estou com vontade de comer.

    — Não diga isso — replicou o moço. — É tão bonita! Chega e fica balançando no galho, nunca fez mal a ninguém. Matá-la para quê?

    E então a Moura-Torta começou a chorar que tinha vontade de comer aquela pombinha com arroz. Que se não a comesse, com certeza iria morrer. Que ele se incomodava muito mais com a pombinha branca, lá no galho de pau, do que com ela que era sua esposa. E tanto falou e aborreceu o coitado que ele, enfadado, prometeu:

— Pois sim. Amanhã faço um laço para pegá-la.

No outro dia, colocou na árvore um laço de barbante e, com muita pena no coração, ficou observando os resultados.

A pombinha chegou, pousou no galho, espiou o laço, tocou-o com o biquinho cor-de-rosa, voou para o ramo mais alto e falou, numa vozinha argentina:

— Se quiser me pegar, só com um laço de prata.

E voou para bem longe.

O moço ficou admirado. Uma pombinha que falava! E aí foi ele que ficou com vontade de prendê-la. Mandou fazer o laço de prata e colocou-o no raminho onde ela pousava.

Durante muitos dias, a pombinha não apareceu. No seu posto na janela o moço esperava e esperava.

A Moura-Torta se alegrou. Andava pelo meio da casa casquinando uns risos desafinados.

Mas foi um dia, apareceu novamente na árvore a pombinha arisca. Lá estava o laço de prata. O moço a viu. A avezinha pousou longe do laço, deu uns passinhos no galho, parecia alegrinha, muito buliçosa e trêfega. E falou, falou assim, ele ouviu:

— Se quiser me pegar, ah! só com um lacinho de ouro.

— Com que então, de ouro, preciosa pombinha? Volte amanhã.

Ela desferiu o voo, alto, para bem longe. E passou muitos dias sem voltar.

Na tarde em que veio, estava o moço à janela, esperando, e um lacinho de ouro, no galho.

A pombinha bateu o biquinho cor-de-rosa no laço, e falou:

— Se quiser me pegar, é só com um lacinho de brilhante.

E tornou a partir.

No lacinho de brilhante ela caiu. Parecia fascinada com o reluzir das pedras, e foi chegando, e foi chegando, e depois, deliberadamente, estendeu o pezinho e se deixou prender.

Correu o moço e segurou-a. A Moura-Torta logo, com desafinada voz fanhosa, queria agarrá-la e matá-la de uma vez.

— Deixe-a — disse o moço. — É tão bonita! É tão macia. Olhe. Parece que me ouve. Vê os seus olhos. Que queria você comigo, pombinha, para assim procurar cair no laço?

A pombinha arrulhava, rumrrumrrrum — no fundo da garganta, mas não respondia.

— E você fala — tornava o moço. — Eu ouvi que queria um laço de prata, depois um laço de ouro, depois um laço de brilhante.

E a pombinha:

— Rumrrumrrrummm.

— Ou sonhei? — perguntou o moço.

— Foi sonho — saltou a Moura-Torta. — Dá-me a pombinha, quero comê-la.

O moço foi passando a mão pelo pescocinho de plumagem fofa, depois pela cabeça. Parecia que a pombinha estava gostando. Fechava os olhinhos de conta, demorava com eles fechados, e o arrulho se fazia gentil e suave:

— Rumrrumrrrummmmmmmm.

E então, de repente, os dedos do moço tocaram uma coisa dura.

— Que é isto? — Separou as peninhas. — Uma cabeça de alfinete? — disse, muito admirado. — Ela faz você sofrer, pombinha? Quem foi o malvado que isso fez? Quem foi?

Arrancou o alfinete. Uma gotinha de sangue manchou a alvura da cabecinha da ave. Parecia que ela começava a crescer. As plumas se douravam, se afinavam, se alongavam. Arredondava-se o colo. Estendia-se o corpo. E num instante, estava junto do moço, aquela bonita mulher que ele deixara à beira do rio.

Moura-Torta quis fugir, mas não deixaram. Puseram a malvada numa barrica cheia de navalhas abertas e fizeram-na rolar morro abaixo. Ela se cortou e morreu.

O moço casou com a moça, tiveram muitos filhos e felizes viveram muitos anos.

VARIANTE

Uma variante de Moura-Torta foi recolhida em Roseira, estado de São Paulo, de uma menina, empregadinha doméstica, de treze anos, que cursava a primeira série do primeiro ciclo escolar.

Uma princesa muito bonita estava passeando no bosque e se perdeu. Foi andando, andando, até chegar no meio da floresta e não sabia voltar para casa. Então, ela escutou um tropel de cavalo e um príncipe apareceu com muitos cavaleiros. "Quem é você, moça bonita?", ele perguntou.

— Eu sou a princesa.

— Então espere aqui um pouco. Vou ao meu palácio buscar roupa de veludo e uma carruagem e volto para casar com você. Suba nesta árvore, acima do lago, que é pra nenhum bicho atacar você.

Ela subiu e ele foi. Nisto veio a Moura-Torta, uma negra muito feia, beiçuda, meio louca, que ia buscar água pra sinhá. Ela abaixou para mergulhar o pote na água, viu o retrato da moça bonita lá no fundo e começou a gritar:

— Isso é que não! Eu, uma moça mais linda, de pele de cetim, de cabelos compridos pelas costas, carregando água pra patroa? Não carrego mais, não. — Quebrou o pote numa pedra.

A princesa lá em cima não segurou o riso. A negra foi embora e voltou com uma lata. Viu de novo o retrato da princesa e amassou a lata. A princesa não aguentou e riu alto. A Moura-Torta olhou pra cima:

— Ah! É você, minha bela.

A história se desenrola igual até o ponto em que, casado o príncipe com a Moura-Torta, aparece a pombinha, cantando assim:

Hoteleiro, hortelão,
como vai seu rei
co'a sua Moura-Torta?

O jardineiro respondia:

Passa bem, come bem, dorme bem,
passa a vida arregalada,
como no mundo ninguém.

Alertado pelo jardineiro, o rei, que era aquele mesmo príncipe do lago, fez um lacinho de barbante para pegar a pombinha. E ela:

— Lacinho de barbante não me pega, não!

Fez um lacinho de prata. E ela:

— Lacinho de prata não me pega, não!

O rei mandou fazer um laço de ouro. E ela pôs o pezinho tão dengosa e caiu no laço.

Há no Brasil inúmeras variantes dessa história de encantamento. Recolheram-nas Luís da Câmara Cascudo, Sílvio Romero. Elas andam por aí na boca dos contadores de histórias. Muito comum, no Vale do Paraíba, com ou sem as parlendas do jardineiro. Luís da Câmara Cascudo informa que Gregório de Mattos comparava as três filhas de Vasco de Sousa Paredes com as três cidras do Amor. Um amigo de Camões, o poeta Fernão Rodrigues Lobo Soropita, mencionava a mesma história. Ela se filia à grande torrente universal com o próprio elemento das três cidras. É o motivo 408 do *Types of the Folktale*, de Aarne-Thompson: "The Three Oranges". O elemento especificamente português comparece com a identificação da negra com a moura, que foi o encantamento, o pesadelo, o feitiço dos povos ibéricos, por várias centenas de anos. Da sua antiguidade fala-nos o fato de constar no Pentamerão essa bela história. As três cidras constam como três laranjas, três pêssegos, e até três nozes, como se lê nas variantes açorianas e na versão italiana de Perúgia.

HISTÓRIAS DO NÚMERO TRÊS

SEGUNDA PARTE

Explicação talvez (des)necessária*

Três foi conta que o Diabo fez.

Afinal, o que há com o número três?

A significação atual deste adágio é: o que não der certo uma vez, duas vezes, não dará mais certo. O melhor é desistir.

No entanto, é mais sutil e toca o místico. Três punhados de terra atirados na cova, desejando que o morto descanse em paz. Três pétalas de rosa. Três gritos para São Longuinho.

* Julgamos importante abrir esta segunda parte com as considerações escritas por Ruth Guimarães entre 1991 e 1996, a respeito das crenças que envolvem a magia do número três, e que não foram contempladas na introdução deste livro. (N. E.)

João Ribeiro dá a forma do adágio consignada por um poeta da academia dos Singulares: às três o Diabo fez. Apoiando a hipótese de uma origem mística do adágio, temos a variante: três foi a conta que Deus fez, recolhida por Manuel Cardoso Martha e Augusto Pinto, em *Folclóre do Concelho da Figueira da Foz*.*

Sebastião de Almeida Oliveira na obra *Expressões do populário sertanejo*** dá mais duas expressivas variantes. Segredo de três o Diabo fez, e sete, o Diabo que te espete.

Xavier de Montepin, o popular escritor francês, cita num romance de Capa e Espada o fiacre de número 13 – uma variante: conta de três, o Diabo o fez.

É muito vulgar a crendice de que é perigoso três pessoas servirem-se do mesmo fósforo para acender seus cigarros. O povo não determina o mal que pode acontecer aos violadores dessa proibição, mas parece tratar-se de perigo de morte.

Há no inferno três juízes: Éaco, Minos e Radamanto. Pesam as boas e más ações dos humanos, instruem os processos e dão as sentenças. Em caso de empate, o árbitro é Minos.

* MARTHA, Manuel Cardoso; PINTO, Augusto. *Folclóre do Concelho da Figueira da Foz*. Esposende, Portugal: Typographia de José da Silva Vieira, 1910.
** OLIVEIRA, Sebastião de Almeida. *Expressões do populário sertanejo*. São Paulo: Civilização Brasileira, 1940.

Quando Hércules foi concebido, filho que era de Júpiter e de Alcmena, mulher de Anfitrião, o rei dos deuses fez com que uma noite se prolongasse por três noites.

Tendo o número 3 implicações de importância numérica e mística, com representações simbólicas na cruz, na tríade, no triângulo e nos 3 círculos entrelaçados, o número 9, chamado a tríplice tríade, tem tríplice abrangência.

Se são 9 os círculos do céu, 9 são os círculos do inferno, e 9 os compartimentos do purgatório, que Dante nos oferece, talvez por amor à simetria. Por que três conta o que o Diabo fez?

A rosa de Jericó, também conhecida como flor da ressurreição, porque lhe atribuem a propriedade de brotar e rebrotar sempre, surgiu com relação à fuga de José e Maria para o Egito, a fim de evitar a degola do inocente Jesus. Ao descer da jumenta que montava, Maria encontrou sob os pés flores que brotavam juntinhas como tapetes pelo chão e procuravam amaciar-lhe o caminho. Durante a vida de Jesus, o rosal se manteve formosamente viçoso, pétalas de seda ao sol. Três dias depois da Crucificação, não havia uma só rosa viva, nem sequer uma folha, em todo o roseiral.

Três o Diabo fez é antífrase de outra, usada no bom sentido: três, Deus fez. Ora, Deus é a soma das três pessoas da Santíssima Trindade: Pai, Filho e Espírito Santo, isto é, um só Deus verdadeiro.

E, visto tudo isso, convém repetir com os pitagóricos: os Números governam o mundo.

Uma filha de Júpiter e Latona chamava-se Febe ou Lua, no céu; Diana, sobre a terra; e Hécate ou Prosérpina, nos infernos. Foi mãe de Medeia e de Circe, ambas feiticeiras. Deusa dos encantamentos, dos sonhos, dos espectros, os feiticeiros ou feiticeiras a invocavam antes de começarem sua magia. Como deusa das expiações, sacrificavam-lhe pequenos cães e erguiam-lhe altares e estátuas nas encruzilhadas. O culto de Hécate, o originário do Egito, foi transportado para a Grécia por Orfeu. Em quase todas as nações seu culto foi misturado com o de Diana, caçadora. Era representada com três cabeças, daí lhe advir o espírito de Hécate Tríceps. O número três lhe era consagrado.

Eram as três as Harpias principais: Aelo Turbilhonante, Ocípite, a Rápida, e Celeno, a Negra. Apolônio as chama de Cães de Júpiter. Valério Flaco lhes dá o epíteto de criadas de Júpiter. Filhas de Netuno e de Ponto, o Mar, tinham o aspecto de anciãs, com imensos seios flácidos e pendentes, corpos de abutre, orelhas de urso e garras nos pés e nas mãos. Por onde passavam levavam a desolação e a fome.

Conta-se a história de três irmãs: Pândroso, Aglauro e Herse, filhas de Cécrope, rei de Atenas. Sucedeu que o deus coxo, Hefesto, perseguiu Atena, que fugiu, pois desejava permanecer virgem. Foi alcançada pelo deus. Defendeu-se, mas não pôde impedir que ele lhe ejaculasse na coxa. A semente do deus, caindo no chão, fecundou a terra, que deu à luz Erictônio. Atena recolheu a criança num cofre, fechou-o e o deu às três princesas de Atenas, para que o criassem. Proibiu que abrissem a caixa. Aglauro, uma das irmãs, curiosa, abriu o cofre e o que viu, um monstro com rosto humano e o resto serpente, fez com que ela enlouquecesse.

As Parcas são as divindades do Destino. São elas: Cloto, Láquesis e Átropos. Têm a mesma idade da noite, da Terra e do Céu. Observam o destino do mundo e dos mortais, o movimento das esferas e encarregam-se da harmonia do Universo. Em seu palácio, o destino — de cada um está gravado em ferro e bronze, inapagáveis. As três irmãs fazem correr sem cessar o fio misterioso da vida. Cloto, vestida de trajes longos, em azul-celeste, trazendo sobre a cabeça uma coroa de sete estrelas, maneja a roca de fiar. Láquesis, vestida de rosa com as vestes semeadas de estrelas, faz deslizar o fio pelo fuso. Átropos, a Imutável, toda vestida de negro, corta o fio que mede a duração da vida. Seu nome quer dizer: aquela que não pode ser abrandada.

Na Quimera, monstro nascido de Tifão e Equidna (a Víbora), e criado por Amisodar, rei da Lícia — coexistiam três animais: a Quimera tinha cabeça de leão, corpo de cabra e cauda de dragão. Vomitava chamas. Vivia numa montanha da Lídia, onde Belerofonte a matou.

Três eram as Górgonas: Esteno, Euríale e Medusa. A última, e mais terrível, é chamada a Górgona, por excelência. Eram filhas de Forco, deus marinho, e de Ceto. Viviam além do oceano, na extremidade do mundo, perto das regiões da Noite.

E por falar em três, talvez tenha vindo daí o aviso de que três é a conta que o Diabo fez. Como veremos.

As três irmãs

Em certa cidade havia um homem pobre que tinha três filhas muito bonitas. Uma noite, estavam elas conversando em voz alta em seu quarto, quando uma delas disse:

— Eu queria me casar com o padeiro do rei, para comer uns pãezinhos doces muito gostosos, todos os dias.

— E eu — disse a segunda — queria me casar com o cozinheiro do rei, que todos os dias faz tortas e empadas, e pastéis, e assados, tudo quanto há de mais saboroso. Havia de passar muito bem.

— Eu — falou a terceira — queria me casar com o próprio rei. Dar-lhe-ia três filhos, cada um com uma estrela de ouro na testa.

Riram-se as três dos seus sonhos, e foram dormir.

Nessa mesma noite estava o rei na rua, disfarçado com trajes de mercador, e, com o seu ministro, ouviu tudo o que disseram as três moças. No outro dia mandou chamá-las ao palácio, casou a mais velha com o confeiteiro real, a do meio com o cozinheiro, e se casou com a mais nova. Pensava assim que faria todas felizes, mas se enganou, porque a inveja entrou no coração das duas mais velhas. Sua sorte, magnífica para quem pertencia a uma pobre família, parecia-lhes mesquinha em comparação à da irmã, que se casara com o rei. Então, em seu malvado coração, começaram a tramar a perda da moça.

Sucedeu que uma grande guerra travada com o país vizinho levou o rei para longe do palácio. Nessa ocasião, a rainha teve um filho, lindo como os amores, com uma estrela de ouro na testa. Tremeram as irmãs, pois com isso a moça teria a gratidão do rei, que lhe faria todas as vontades. Retiraram a criança do lindo berço enfeitado em que estava, e puseram em seu lugar um sapo. Quando veio passar uns dias no palácio, contaram ao rei que a rainha tivera, em lugar de um filho, um monstro. E mostraram-lhe o sapo.

Tão desgostoso ficou o rei que não quis falar com a esposa.

Passado algum tempo, no entanto, pareceu esquecer o infeliz acontecimento, e voltou às boas. Tremeram de raiva as cunhadas, tramando a perda da irmã. Tempos depois nascia um casal de principezinhos: um menino e uma menina, tão formosos quanto os anjos, ambos com uma grande estrela de ouro na testa. Antes que alguém visse os belos meninos, as irmãs da rainha os esconderam, colocando em seu lugar um par de sapos. Em seguida, puseram num cesto forrado as três crianças: a primeira, que estivera escondida numa casinha de palha, longe do palácio, com uma mulher cega, e as outras duas mais novinhas. Colocaram o cestinho sobre as águas do rio, e deixaram que rodasse rio abaixo, até que afundasse por si, depois de encharcado. Mas antes que isso acontecesse, o redemoinho da água tocou o cesto para um remanso, junto da margem, e um pescador o encontrou. Nunca lhe passou pela cabeça que se tratasse de filhos do rei, mas pensava que eram filhos de fadas, tão bonitos, com a estrela relumeando na testa. Criou-os com muito desvelo e carinho. Quanto mais cresciam, mais belos se tornavam. Para que a estrela de ouro não chamasse a atenção dos que passavam, fazia com que os meninos usassem um gorrinho que lhes encobria o esplendor.

Entrementes, sua mãe sofria um tremendo castigo.

Acreditando no que contaram as malvadas parentas de sua mulher, e indignado pela burla que suportara dela, conforme cria, o rei mandou enterrar a moça, ao lado do palácio, em plena rua, da cintura para baixo, e cada um que passasse deveria cuspir-lhe no rosto.

Certo dia, o pescador quis levar os meninos à cidade, a passeio. Durante anos, suportara a desgraçada Mãe o inaudito ultraje sem que nunca os seus lábios se descerrassem para reclamar, ou para denunciar as irmãs. Nesse dia, quando o pescador e os meninos se dirigiam à cidade, apareceu-lhes uma velhinha apoiada em um bordão, com um xalinho preto às costas.

— Para onde vão, meus meninos?

— Vamos passear, avozinha — falou a menina, gentilmente. — Quer ir conosco?

— Não. Eu fico por aqui mesmo. Mas quero dar-lhes um conselho. Se passarem por perto do palácio real, e virem uma moça enterrada no chão, no rosto de quem todos cospem, vocês passem longe, e não façam isso.

— Nunca, vovozinha. Não teríamos coração para cuspir numa pobre castigada.

— Eu sabia — disse a velhinha. — Estou avisando, porque cuspir é ordem do rei.

E eles foram. Viram a pobre de Deus com uma feição tão triste, de cabelo desgrenhado, os olhos rasos de lágrimas, as faces sujas de poeira e de cuspo. Passaram pelo outro lado da rua, evitando olhar para o lado dela. Um soldado do rei atravessou a rua e disse:

— O Senhor Rei manda que cuspam no rosto daquela que está ali.

— Que fez ela?

— Disse que daria ao rei três filhos com estrela de ouro na testa, e só lhe deu três sapos medonhos.

O pescador e as crianças se entreolharam. Então o pescador, corajosamente, falou:

— Eu quero falar ao Senhor Rei.

Deu risada o soldado:

— Então, pensam que falar ao rei é assim?

Então o pescador tirou o gorro das crianças e foi um alvoroço. Correu gente de todas as partes, para ver. Veio gente do palácio. O próprio rei chegou à janela, bradando:

— Que ouço? Como foi isso? Já, tragam esses meninos aqui.

Subiram os meninos os degraus da escadaria do palácio. Em sua fronte esplendiam as estrelas. Comovido, o rei avançou para eles, querendo saber quem eram, de onde vinham. Com a explicação do pescador, e a narração do seu achado no remanso, e com confrontação das datas, ficou estabelecido que a rainha era a Mãe deles, a pobre que tanto sofria, e cujas duas irmãs eram malignas criaturas. Foram desenterrar a moça, banhá-la com água pura e esfregá-la com sabão perfumado e ungi-la com óleos finos, e derramar em sua cabeleira essências caras. Vestiram-lhe roupas de linho, e calçaram-na com sandálias douradas. Sobre os cabelos foi colocada a coroa de ouro e pedrarias. Sentou-se no trono de veludo vermelho, e nos seus ombros, preso com fivelas de ouro, ficou o manto real. De um lado e de outro ficaram de pé, belos como anjos, os dois meninos e a menina, com a estrela de ouro cintilando na testa.

E as irmãs, fosse de medo do tremendo castigo que as esperava, fosse que o triunfo da irmã lhes fosse insuportável, quando foram buscá-las, elas se atiraram da janela do palácio e se despedaçaram nas pedras da rua.

Contos de três irmãos e de três irmãs, de origem europeia, via Portugal, e, antes, talvez da Índia ou talvez do Egito, passaram para o Brasil com inúmeras variantes e com elementos encaixados aqui e ali, em n histórias diferentes, conforme a Lei de Permutabilidade de Propp.* Basicamente, são contos maravilhosos e de exemplo a um tempo, tendo como mensagem a reprovação da inveja e a condenação do invejoso. O prêmio e o castigo finais comparecem em todos.

"O Príncipe Papagaio", coleta valeparaibana, foi ouvida mais de uma vez. Com esse enredo específico, relatou-a uma roceirinha, Carmélia, de dezenove anos, depositária da sabedoria da avó, esta da zona rural, igualmente, de Cachoeira Paulista e adjacências, onde morava na década de 1970.

Variações registradas no Vale do Paraíba: "O Príncipe Pássaro", "O Papagaio Real", "O Papagaio do Limo Verde", "O Passarinho do Limo Verde", "O Reino dos Amores", "A Montanha dos Amores".

Fora do Vale do Paraíba:

Luís da Câmara Cascudo nos dá, em *Contos tradicionais do Brasil*,** "A Princesa de Bambuluá" e "O Príncipe Lagartão" (Rio Grande do Norte), bem diferentes do conto paulista, até onde um conto folclórico pode ser diferente do outro — mas contendo vários episódios comuns à linha do enredo: o episódio das esposas abandonadas, que se botam pelo mundo atrás dos maridos fujões;

---

* PROPP, V. J. *Morfología del cuento*. Traducción del francés de F. Díez Corral. Madrid: Akal, 1985.

** CASCUDO, Luís da Câmara. *Contos tradicionais do Brasil*. Rio de Janeiro: Ediouro, 1967.

a peregrinação da chorosa esposa, em busca dos mundos mágicos (casa do Sol, da Lua, da Noite, do Rei dos Ventos); o gasto dos sete sapatos de ferro, durante a jornada tão longa; as três noites no quarto do amado que dorme e nada vê e nada ouve, enquanto ela, em vigília, geme e suspira. Em suma, colchas de retalhos.

Em Sílvio Romero, lê-se o "Papagaio do Limo Verde"; em Portugal, Adolfo Coelho e Teófilo Braga recolheram várias versões: "Príncipe das Palmas Verdes", "A Paraboinha de Ouro", entre outras. No Chile, "El Principe Jalma".

"O Príncipe Papagaio", no Vale do Paraíba, está entroncado no largo rio caudaloso da história de Eros e Psiquê, da Grécia, difundida por Apuleio, em *O asno de ouro*,* e que ele reporta aos contos milesianos. Leiam-se: irmãos Grimm, Perrault, Afanasiev, Alfred Apell, Stradelli, Marian Roalf Cox, Straparola, Cosquin, Sébillot, Aurélio M. Espinosa, e muitos outros, muitos outros. A história é andeja, como a moça que gasta os sete sapatos de ferro e vai à casa do Sol e dos Ventos. Está na Finlândia, está na Rússia, na Sicília, na Noruega, na Suécia, na Dinamarca, na Escócia, na Lapônia, e sabe-se lá onde mais.

Nos *Cuentos populares españoles*,** Espinosa conta de um príncipe que, ao desencantar, some no Castelo de Ir-e-não-voltar-mais. Segue-se a peregrinação, a compra do direito de dormir no quarto do moço, em troca de um objeto maravilhoso. A princesa que peregrina vai e não volta. A história volta sempre pelos séculos afora. Foi classificada como o motivo 432 de Aarne-Thompson, "The Prince as Bird".

---

* O conto "Eros e Psiquê" encerra este livro.

** ESPINOSA, Aurelio M. *Cuentos populares españoles*. Estados Unidos, Stanford University, 1926.

O príncipe papagaio

Era uma vez um rei que tinha três filhas janeleiras. O dia todo elas ficavam à janela do palácio, e até já tinham calos nos cotovelos. As duas mais velhas eram feias, mas a mais nova era uma beleza. Parava gente na rua, embasbacada, olhando para a carinha bonita da princesinha caçula. Pousava todas as tardes, numa árvore do jardim, um bonito papagaio, todo verde, e palrava:

— Quer casar comigo, princesinha? Corrupaco, papaco.
— Quero sim, venha até aqui.

O papagaio voava para a janela, e dava bicadinhas no braço da moça, arredondando ainda mais os olhos dourados.

Uma noite de luar, em que ela se demorou mais à janela, e estava a cidade deserta, o papagaio pousou no peitoril e pediu:

— Deixe na janela, à meia-noite, uma bacia com água pura. Quero me lavar.

— Pois não, papagaio real — riu a princesinha, coçando-lhe as peninhas arrepiadas da nuca. — Venha tomar seu banho.

À meia-noite, a princesa pôs na janela a bacia com água clara como um cristal. A ave desceu diretamente sobre a água, bateu as asas, esborrifando gotas para todo lado e, com a maior surpresa do mundo, a moça viu que saltava para dentro um príncipe de manto verde e calções de veludo, botas de couro, esporas de prata. Um bonito moço na verdade. Com o dedo nos lábios, pedindo silêncio, ele lhe contou baixinho como tinha sido encantado por uma bruxa do seu país distante e como faltava pouco para quebrar o encanto. E como o seu consentimento em se casar com ele o ajudava a virar gente de vez em quando, à noite, depois de se banhar na água posta ao sereno.

— Falta pouco — suspirou ele. — Já estou cansado de ser papagaio. Quando se quebrar o encanto, iremos para o meu reino e nos casaremos.

Durante muitas noites, o Príncipe Papagaio e a princesa se encontraram assim, furtivamente, conversando à janela, quando havia luar. Aconteceu, porém, que as duas princesas feias, tendo ouvido vozes, levantaram pé ante pé e foram espiar. Ao verem o príncipe, a inveja lhes roeu o coração. No outro dia, perguntaram à irmã:

— Quem é esse que vem à janela em altas horas? Vamos contar ao rei, nosso pai.

— É o Príncipe Papagaio. Assim que se desencantar, irá pedir-me em casamento ao rei.

— Sabemos um modo de fazê-lo permanecer com a forma humana. Como você sabe, aprendemos um pouco de artes mágicas.

A esperança alvoroçou o coração da princesinha.

— Ah! Que bom! E como se faz?

— Ao colocar a bacia ao sereno, ponha navalhas abertas no fundo d'água. Ele vem se banhar, corta-se, escorre sangue, e o encanto se quebrará.

— Sofrerá muito?

— Ora, uns talhinhos aqui e ali. Não morrerá por isso.

A princesinha, mais que depressa, pôs em prática o malvado conselho das irmãs. O príncipe veio, bateu as asas, em vez de se transformar no bonito moço, gemeu como se sofresse uma dor insuportável:

— Ah! Ingrata, que me dobrou o encanto.

— Perdão! — clamou a princesinha. — Eu queria ajudar.

— Sei disso, minha princesa. Se quiser me ver agora, só na Montanha do Amor.

— Longe?

— É preciso gastar sete sapatos de ferro e sete saias de ferro até que você consiga chegar até lá. Adeus!

Alçou voo o príncipe e se foi, e a princesinha ficou por muito tempo soluçando. Não chamou ninguém, nem se queixou, nem sequer procurou as irmãs. Mandou fazer sete pares de sapatos de ferro e sete saias de ferro, arrumou um pouco de roupa numa trouxa, pegou um pouco de pão e partiu. O sapato de ferro lhe apertava os pezinhos delicados, porém muito mais lhe apertavam o coração a saudade e o remorso. Pensava no príncipe ferido, machucado, por sua culpa, e andava, andava. Muito tempo levou até gastar o primeiro par de sapatos. Por toda parte perguntava da Montanha do Amor, e ninguém sabia lhe responder. Perguntou às aves que voam por toda a Terra, e veem tudo do alto. Elas não sabiam. Perguntou à formiguinha, aquela que corta fora de casa e vai longe pelo mundo, perguntou às cobras andejas, às borboletas, às águas dos rios, às ondas do mar. Indagou a tudo que se move, e anda, e rasteja, e corre, e rola, nada sabia, ninguém sabia. Preferia o caminho das caravanas e das romarias. Viu homens de todas as cores. Ninguém sabia. Comia frutos nos bosques e grãos nas searas. Trabalhava ora aqui, ora ali. Um dia, na estrada, repartiu com uma velhinha muito corcovada o seu pão dormido.

— Montanha do Amor, menina? Não sei, não. Não sei mesmo. Mas a Lua deve saber.

— Quem, avozinha?

— A Lua. Ela anda por toda parte. Deve saber.

A moça foi então à casa da Lua. Subiu para isso muita alcantilada serra. Gastou um par inteirinho de sapatos de ferro. Um belo dia, entrou na casa de prata onde ela morava. A Lua não estava. A Mãe dela, assim que a viu parada diante da porta, falou amedrontada:

— Que é que você veio fazer aqui, moça? A minha filha é bicho bravo. Ela vem doida, de andar espiando as coisas lá da Terra. Que é que você quer? Eu dou. Mas vá-se embora.

— Não, dona. É um particular com ela mesma. A senhora me esconda.

A velhinha abriu um grande armário para a moça ficar. Noite alta veio a Lua, brava feito uma fera. Vinha que vinha bufando. Na frente dela, rajadas de frio varreram o espaço. Mal entrou, foi logo clamando:

— Minha Mãe, aqui cheira a carne humana.

— Minha filha — falou a velhinha, serena —, se chegasse uma princesa da Terra, pedindo auxílio, que é que você faria?

— Nada de mal, minha Mãe. Procuraria ajudá-la se estivesse ao meu alcance.

A moça saiu do esconderijo e pediu à Lua que lhe ensinasse onde era a Montanha do Amor.

— Muitas montanhas vi em minhas andanças, moça. Mas essa eu não conheço. Não sabe mais ou menos em que direção está?

— Não.

— Nem se é na Europa, na Ásia, na África, na América?

— Não, senhora.

— Montanha do Amor — a Lua ficou remoendo o nome e depois falou: — Quem deve saber é o Sol. Ele tem o olho maior, vê mais longe, vê mais claro, ilumina mais. Com Sol quente não há canto escuro nem sombras. Vá perguntar-lhe. O que ele não souber, ninguém sabe. Minha Mãe, dê à moça um farnel, e aquela colcha entretecida de raio de luar e bordada de prata.

A moça andou até gastar mais um par de sapatos de ferro. Subiu serras ainda mais altas e escalou o céu mais uma vez, para ir à casa do Sol. Como chegou à tarde, o dono da casa não estava e a mulher dele varria a casa.

— Moça! — bradou a mulher do Sol. — Volte! Não pise nesta casa, que meu marido é uma pimenta de bravo. Ele vem quebrando e torrando tudo, louco de raiva com as coisas que vê na Terra, de dia. Vá falando o que quer e trate de fugir.

— Não, senhora. A senhora faça o favor de me esconder, porque tenho um particular de muita importância com ele.

Anoiteceu e o Sol voltou para casa, vermelho, suando e bufando. Soltava baforadas de chama. Ainda não tinha posto o pé na soleira, e já falou, erguendo o nariz como cachorro que fareja:

— Mulher, sinto cheiro de carne humana!

— Marido — disse a dona —, se viesse uma princesa da Terra pedir auxílio, você se zangaria?

— Decerto que não. Procuraria ajudar, no que estivesse ao meu alcance.

Então a moça apareceu e perguntou da Montanha do Amor.

— Montanha do Amor? Nunca ouvi falar. Deve ser nova. Ou tinha outro nome. Não sei, não. Há muita coisa que não vejo na Terra. Estou muito no alto, há certas furnas, certos desvãos, grutas, desfiladeiros, onde a minha luz nunca penetra. Montanha do Amor... Quem deve saber é o meu compadre, o Vento. Não há lugar aonde ele não vá. O que ele não souber, ninguém sabe.

A mulher do Sol deu de presente à moça uma galinha de ouro e doze pintinhos. A moça agradeceu e partiu.

Achar o Vento foi coisa fácil. Nada de garimpar montanhas nem de ferir os pés. Uma brisa levou-a ao Aquilão, este ao Vento Norte, e ao Noroeste, e ao Minuano. Ela flutuou como floco de paina, de cá para lá, nas asas brandas do zéfiro. Gira-girou, doida, na quentura do Siroco. Esteve no redemoinho vertiginoso dos Tufões e do Furacão.

Quando chegou à casa do Vento, recebeu-a a filha, uma moça descabelada.

— Quer falar com meu pai? Não seja louca. Vá embora daí mesmo. Meu pai é um estabanado. É capaz de soprá-la para longe, ou engoli-la, sei lá. Depende da veneta.

— Preciso muito falar com o Vento, moça. É a minha última esperança.

Condoída, a mocinha descabelada escondeu-a.

O Vento não tinha hora para chegar em casa. Veio quando muito bem quis. Com sua chegada, enrolaram-se as roupas nos varais, torceu-se a toalha da mesa, desprenderam-se as folhas, enrolaram-se as saias nas pernas das mulheres. A poeira levantou e dançou no ar.

— Sinto cheiro de carne humana — ele sibilou, da porta.

— Meu pai — disse a moça —, se chegasse uma princesa da Terra, pedindo auxílio, que faria o senhor?

— Eu a atenderia no que pudesse, ora essa! Não sou nenhum bicho, nem iria comê-la.

Então a moça apareceu e lhe perguntou onde ficava a Montanha do Amor.

— Montanha do Amor? Ah! Eu sei! — soprou o vento bem alto no meio de um turbilhão. — O moço príncipe está doente. Está ferido. Vai morrer. Segure-se em meu cabelo. Segure forte, moça. Vamos lá.

E assim foi a moça para a Montanha do Amor, agarrada à cabeleira do Vento. Levava na trouxa uma colcha de prata, uma galinha com pintinhos de ouro, uma taça de safira azul que lhe dera o Vento e calçava, já todo gasto, e precisando de meia-sola, o último par de sapatos de ferro.

Naquele reino distante imperava uma profunda tristeza. Ninguém pelas ruas; portas e janelas fechadas. Diante do palácio do rei aglomerava-se uma multidão silenciosa.

A moça, levada pelo Vento, pousou serenamente no pátio do palácio.

— Como vai o príncipe? — perguntou ela, ansiosa. E na multidão todos choravam.

Ela bateu na porta do palácio e pediu para ajudar.

Deram-lhe um cantinho na cozinha, onde ela se encostou, agarrada à trouxa.

— Poderia falar com a rainha?

— A rainha não fala com ninguém. Chora. O filho está quase morto.

— Sei um remédio — disse a moça. Mas ninguém lhe deu atenção.

Devagar, ela desamarrou a trouxinha, tirou a colcha de luar, bordada de prata, e pediu:

— Posso estender ao sol, para não mofar?

O povo arregalou os olhos de espanto. Um vivo clarão se desprendia do pano, e era tão belo que se perdia tempo a contemplá-lo. A rainha, ao chegar à janela, por um momento, viu a bela colcha.

— De quem é?

— De uma mendiga — respondeu a aia. — Chegou aí. Pediu para estendê-la ao sol para secar.

— Pergunta-lhe se quer vender.

A aia foi e voltou.

— Falou que vender não quer. Mas tem um remédio para o príncipe. Pode dá-la de presente se Vossa Real Majestade deixá-la passar uma noite no quarto do doente.

— Está bem — disse a rainha. — Diga-lhe que sim, e traga o pano. Que quererá dele essa bruxa?

Mandou dar ao moço uma tisana feita com planta dormideira, e o príncipe dormiu a noite inteirinha, sem suspeitar sequer que junto dele estava a noiva por quem morria de amor.

No outro dia, a moça levou ao sol a galinha reluzente e os doze pintinhos de penugem de ouro. Mal a rainha viu tal formosura foi tomada do desejo insopitável de possuir as avezinhas.

— Aia, pergunte à moça se quer vender.

A aia foi e voltou.

— Vender diz que não quer, mas pode dá-la de presente se Vossa Real Majestade deixá-la passar uma noite no quarto do príncipe.

A rainha fez como na outra noite e outra vez a princesinha passou a vigília a chorar e a suspirar, sem conseguir despertar o amado.

No terceiro, ela pediu água, e estendeu para apanhá-la a taça de safira azul que lhe dera o Vento. Luzes dançaram na taça de pedra resplandecente.

— Aia — gritou a rainha —, diga-lhe se quer vender.

— Não, senhora minha, não quer vender. Pode dá-la de presente, para passar uma noite no quarto do príncipe.

Um pajem tagarela contou ao príncipe a estranha história — da colcha de luar, dos pintinhos de penugem de ouro, da taça de safira. Contou da moça que passava as noites no quarto do moço, a gemer e a suspirar.

— E Vossa Alteza dormindo como uma pedra. Diz ela que tem um remédio...

Nem pôde terminar.

— Deixe-me — disse o príncipe.

Quando, à noite, lhe trouxeram a tisana, derramou o líquido atrás da cama e fingiu dormir.

A moça entrou. Era ela. Puída e gasta estava a saia de ferro. Furado estava o sapato de ferro. O coração do príncipe doeu de pena. Mas foi tanta a alegria ao vê-la que sarou. Saltou da cama, sãozinho, gritando que a noiva chegara e que queria se casar.

Festa houve e de arromba. Casaram-se e foram felizes por muitos e muitos anos, no belo palácio da Montanha do Amor.

A princesa sapa

Era um velho rei, que já havia vivido e governado por muitos anos e estava realmente cansado de fazer justiça e de dirigir os homens. Tinha três filhos. Queria experimentar qual deles era o mais inteligente, o mais prudente e o mais sábio, capaz de levar a termo os negócios do reino, quando a morte o fizesse abdicar. Ele os mandou correr o mundo, dizendo que o trono seria daquele que lhe trouxesse o presente mais bonito.

— Isto é fácil — disseram eles, sorrindo.

— Vocês querem a minha bênção?

— Nem carece! — disseram os dois mais velhos. — Vamos ali e já voltamos.

— Eu quero a sua bênção, meu pai. Bênção de pai nunca é demais — disse o mais novo.

O pai, comovido, abençoou aquele, despediu-se amigavelmente dos outros.

Foi assim.

Longe, nos confins do reino, o caminho se partiu em três e eles combinaram:

— O mais velho de nós vai pelo caminho da direita; o outro pelo da esquerda. O caçula vai pelo caminho do meio. Nós nos encontramos aqui mesmo, dentro de um ano e um dia.

E lá se foram eles.

E andaram que mais andaram.

E andaram que mais andaram.

O primeiro passou por uma estrada muito bonita, margeada de um renque de árvores e por ele foi ao palácio de um rei.

— Eu sou o filho mais velho do rei que mora do outro lado do morro.

Ele foi tratado muito bem. O rei lhe deu um emprego na fazenda de criação dele, para olhar os camaradas e, quando estava para sair, o patrão o chamou de lado e disse:

— Eu vou lhe dar uma pedra azul, um brilhante como ninguém mais tem no mundo. Leve o presente para o rei, meu colega. Não pode haver melhor.

O segundo passou pelo caminho da esquerda, todinho calçado de ouro. Seguindo por ele, chegou a um casarão de portão alto, bateu e mandaram entrar.

Era o palácio do rei. Outro rei.

— Quem é você? O que procura?

— Eu sou filho do rei que mora do outro lado do morro. Sou o segundo filho. Estou procurando o presente mais bonito do mundo para levar para o meu pai.

O rei deu um emprego para ele e ele ficou comandando o pessoal guerreiro. Na primeira guerra que houve, levou o inimigo para bem longe. Passado quase um ano, o rei falou:

— Está no tempo de vencer o seu contrato. Eu vou mandar o tesoureiro do palácio pagar uma barra de ouro tão pesada que vamos precisar de duas mulas de sustância, atreladas no carro, para levar esse ouro. Não haverá presente que ultrapasse o valor e a boniteza desse.

O moço deu de mão num chicotinho, tocou as mulas e foi atrás, no seu cavalo, muito ancho da vida.

O caçula, que pegou o caminho do meio, andou muito, até altas horas da noite, sentindo cansaço e fome. Estava um luar que era um dia. No que ele alcançou a beira de um lago, que era ver prata derretida se espraiando, escutou uma voz, numa cantiga tão linda, tão suave, tão doce que toda a sua vida foi lhe passando pela lembrança e ele quase chorou. Mas não era de tristeza.

— Ai! Ai! — suspirou bem fundo, quando a voz se calou.

Em resposta, uma voz muito, mas muito bonita, no fundo da água, perguntou:

— Quem está aí?

— Sou filho do rei, do outro lado do morro. Estou ouvindo você cantar, princesa da minha vida! Quer casar comigo?

Ela deu uma risada e o riso era ainda mais bonito do que a canção.

— Você não me conhece. Não sabe se sou bonita ou feia.

— Sei, sim. Com essa voz não pode ser feia.

— É o que você pensa. Espere aí, que eu já subo.

Alguma coisa viva cortou a água em linha reta, uma sapinha feia como o pecado pulou no colo do moço e ali ficou: o papo batendo, os olhos estalados, pisca-piscando.

— Você me pediu em casamento — disse a sapinha. — Palavra de rei não volta atrás.

— Não — disse o moço de cabeça baixa, sem olhar para aquele bicho horrendo. — Não volta. Nem palavra de príncipe não volta, não.

— Então, segure aqui.

Pôs a patinha de dedos espichados na manzorra dele e foi puxando o moço para o fundo d'água. As águas se abriram e um rastro de prata, ao luar, se diluiu na neblina.

Durante todo um ano, o moço permaneceu no fundo d'água. Às vezes, em noite de lua cheia, ele subia, sentava-se sobre uma pedra. A voz, de uma beleza dolorida, o envolvia. Alguns passantes ouviam o canto, mas ninguém sabia do que se tratava. Quando já estava completando o ano, a sapa lhe deu uma caixinha.

— É o presente — disse ela.

— Que é que você sabe de presente, se eu nunca falei nisso?

— Muito mais do que você pensa.

Ele pegou a caixinha e foi embora.

Os três irmãos se encontraram na encruzilhada dos quatro caminhos, e tomaram o único que levava para a casa do pai. Um ano e um dia.

E desandaram mais que desandaram.

E desandaram mais que desandaram.

O pai olhou para a bela pedra azul e seu coração se consolou. Sopesou a barra de ouro e aprovou o segundo filho. Abriu a caixinha e então toda a sua alma voou para o terceiro, o caçula. Era um tecido feito de nuvem e de sonho, trabalhado com fios de aranhol e de neblina. Tão leve! Tão fofo! Tão fino! Lembrava palácios de mármore branco rendilhado, marulhos de água, brancuras de lua cheia. Cabia, dobrado, nas duas mãos em concha e podia se estender por um longo, longo espaço, pela sala inteira, como a cerração da madrugada.

— Há coisa mais linda que uma pedra de brilhante, cor do céu, fagulhando de estrelinhas? — perguntava o primeiro, entusiasmado.

— Há maior boniteza do que uma barra de ouro lumeando? — comentava o segundo.

O terceiro suspirou e não disse nada.

O rei, esse não deu parecer. Mas, dias depois, comandou:

— Agora vocês vão de novo correr o mundo. Aquele que trouxer a mágica mais de assombrar...

O rei não concluiu a frase e já estavam os moços nos seus cavalos, com aperos de prata, cavalgando não se sabe para onde, numa busca sem tamanho.

— Um ano e um dia... — eles disseram, na mesma encruzilhada.

— Um ano e um dia...

Cada um para o palácio da sua princesa. Pacatá, pacatá! Nos seus cavalos de aperos de prata.

O mais novo retomou o caminho do lago e, por uma noite de lua cheia, escutou a cantiga e mergulhou, deixando para trás um caminho em cima d'água, longo, cintilante, como uma fita de luz se desenrolando.

Desta vez, trouxeram: um relógio que nunca parava, um pássaro de ouro que cantava sem corda. O caçula trouxe um vidrinho, cheio da água esverdeada do lago.

— Que coisa é isso aí? — caçoaram os irmãos.

O rei pegou o vidrinho. Ao tirar a tampa, caíram umas gotas nas mãos, que se alisaram, macias, sem uma ruga. Ele passou algumas gotas pelos cabelos e pelo rosto. Voltou-lhe a força da juventude, o liso da face, a abundância e o brilho da cabeleira escura. Era um homem de idade, via-se, mas em pleno vigor, sem nenhuma das desvantagens da velhice. Na corte, todos ficaram boquiabertos, encarando o rei.

— Este é o melhor presente — diziam.

Passou-se.

Dias depois, o rei falou pela terceira vez aos filhos:

— Vão agora e tragam as noivas! Cada um traga a mulher mais bonita que puder. O casamento vai ser aqui!

Mais um ano e um dia...

Na encruzilhada estavam dois irmãos, com cavalos, carruagens, criadagem, mulas portando presentes. Aí chegou o caçula, montado num burrico ruço: na garupa, trazia uma sapa, cai pr'aqui, cai pr'acolá e, atrás dele, a perder de vista, uma saparia, sapo, sapo, sapo, sapo, sapo, sapo, sapo, sapo. Os irmãos primeiro arregalaram os olhos, no choque daquele espetáculo. Depois caíram na risada. Riram até a barriga doer. Depois, ficaram indignados.

— Onde você vai com essa bicharada nojenta?

Queriam até matar o moço por aquela falta de respeito, de apresentar a sapa como noiva. E ele firme. "Eu prometi. Agora vou até o fim."

Fez-se um grande banquete para a apresentação das noivas dos príncipes. Havia de um tudo para todos os gostos, na mesa. Leitão assado. Frango. Macarronada. Farofa. Caça. Frutas e doces. Tocaram música. Enfeitaram a mesa. Abriram barris de vinho. Acenderam mil luzes. Espalharam mil flores. Cintilaram milhares de cristais. Forrou-se a mesa com a toalha de neblina da sapa. Penduraram acima do trono o brilhante azul. O pássaro de ouro cantou. O relógio-de-corda-sem-fim marcou as horas. E foi e foi e foi. Os príncipes e principalmente as princesas não queriam aceitar a sapa na mesa. Mas o rei bradou:

— Aqui não temos distinção. Cada um com a noiva que escolheu e não quero mais conversa!

A sapinha saltou para cima da toalha e ali ficou, comendo, e esparramando comida para todos os lados, para maior vergonha do moço noivo. Ele tinha o rosto afogueado, queimando de sem-graceza. Ficou de todas as cores, mas não deu parte de fraco. Em certo momento, na hora do brinde, ele falou:

— Esta é minha noiva, a quem dei minha palavra de homem e de príncipe. Ela me tratou bem. Matou a minha fome, tirou o meu cansaço, facilitou a minha estada no fundo d'água, remoçou o meu pai. Ela me ama. Eu amo esta sapinha feia e vou me casar com ela.

Para espanto de todos, beijou a mão direita espichada do bichinho.

— Pelo seu bom coração e pela humildade de me aceitar como eu era — clamou a sapa —, que valha a lei do desencanto!

Largou um pincho pra cima e, quando bateu no chão, foi um estrondo e uma fumaceira de apavorar. Ela se desencantou numa princesa real coroada, vestida de raios de luz, linda, linda, linda!... A saparia acompanhante se virou em moços armados de lança e de espada, que rodearam a moça, como uma guarda de honra. Atrás deles, vinham as damas da princesa, cada qual mais bonita e mais bem-vestida. E, mais atrás, os carregadores de uma arca de bálsamo, cheia até a boca de presentes.

O moço não quis ficar com o trono do pai. Acabadas as festas do casamento, foi embora para as bandas do lago encantado, nessas alturas transformado num reino florescente, com muitas casas, muitas ruas largas, tapizadas de flores.

O príncipe reinou durante muitos e muitos anos felizes.

"A Princesa Sapa" tem seu correspondente no Nordeste, num conto recolhido por Luís da Câmara Cascudo, que o denominou "Princesa Jia". Consta nele o encantamento da princesa em batráquio, como em várias histórias do fabulário universal, nas quais a protagonista se encanta em serpente, macaca, leoa, vaca, cadela negra e outros bichos. Macaca é "La Princesa Mona", ouvido por Aurélio M. Espinosa em Cuenca. É rã, na Costa Rica. Rãzinha, em Portugal, conforme relata Teófilo Braga.

Na versão nordestina, repete-se o refrão:

José vai casar bem
e Pedro casa melhor.
Mas João
passa-lhe a mão.

O efeito horrível e ridículo do relacionamento do moço príncipe com o feio animalejo é acentuado com a sujeira da jia, os seus modos porcos à mesa, os presentes embrulhados em papéis manchados. A jia entra na cidade onde mora o pai do moço montada num galo. Atrás dela seguiam como em procissão galinhas, perus, patos, galinhas-d'angola, porcos, tudo numa algazarra dos sete pecados. O pagamento da humildade e da compaixão do moço vem, sem seguida. A moça se transforma numa princesa "bonita como uma estrela" e com ela o príncipe se casa.

Do começo ao fim, de uma ponta à outra do mundo, seres sobrenaturais, como duendes, gênios, demônios, mulheres encantadas, sob forma humana ou animal, vivem sob as águas. Sereias povoam os mares. Na Europa, grande número de fadas reside na água das fontes. Nas fontes das Astúrias conta-se de filhas de reis encantadas, que ali vivem e saem apenas nas noites de São João. Na Austrália, um pai desceu ao fundo do lago Alberto, habitado pelos demônios. Ele os viu dormindo e levou embora a filha que se achava entre eles, encantada.

História de três irmãos e de três cavalos

Num lugar danado de longe, havia um casal de velhos, que tinha três filhos moços. O Tonho. O Pedro. O Joãozinho. Viviam na maior pobreza. Certa manhã, Tonho, o mais velho, e o menos conformado com a pouca sorte e o pouco dinheiro, falou:

— Pai! Eu vou sair pelo mundo, pra ver se endireito a vida.

— Vai, filho! Você quer muito dinheiro, muito virado ou muita bênção?

— Pela ordem, primeiro o dinheiro. Sem dinheiro a gente não é e não faz nada.

— O muito com Deus é pouco, o pouco com Deus é tudo.

— O senhor fala assim porque não sentiu nem o cheiro de uma dessas grandonas de mil.

O velho raspou o baú dos guardados, patacões de cobre do tempo de dantes, relógios de muitos tataravôs, e entregou pro fujão. Lá se foi, estrada afora, o Tonho, em busca de melhoria.

O filho do meio, que estava esperando uma deixa, dias depois falou:

— O Tonho foi, eu também vou. No mesmo embalo. Dinheirinho e virado pra cá, se é que sobrou algum. Bênção nem precisa. Com o senhor, meu pai, é só "Deus lhe abençoe" todo dia, e a gente não sai dessa situação de miserê. Por isso, simbora nós dois, o meu mano que nasceu primeiro e eu.

Aí foi a vez de a velha puxar de debaixo da cama o baú de folha de Flandres, calcado de guardados antigos. Puxou trancelim de ouro, anéis que foram do tio, da avó, da cunhada, do sogro: e dinheiro, cada rodelona de prata que se usava antigamente e que, quando o dono estava para morrer, mandava enterrar perto do moirão, na porteira do curral.

E assim partiu, com dinheiro e farnel, o segundo filho.

As coisas foram acontecendo como Deus foi servido.

O mais velho foi dar num couval, à beira da estrada. As plantas da horta eram muito lindas, de grandes folhas lustrosas e talos quase brancos. Altas. Precisava-se de escadas para apanhá-las. O moço chegou, deu com um homem afofando a terra, em torno dos gigantescos tufos de verdura, e foi logo perguntando:

— Há serviço pra mim, por aqui?

— Há, e muito.

— Pra fazer o quê? — perguntou o moço, vendo tudo tão bem cuidado, os canteiros certinhos, as ruas da horta varridas, e aquele couval verdolengo, como nunca tinha visto outro igual. — Só tomar conta, como? Ladrões?

— Não sei. De dia estão bonitos, a gente vigia, tira as lagartas, está tudo viçoso, à noite não sei que bicho aparece, rói tudo até o osso, até o toco, e é preciso plantar tudo novamente. Pega tudo e viça no mesmo dia. É isso.

— O couval é encantado, então?

— Sabei-me lá! Eu aqui sou empregado. O que eu vejo é couve viçosa durante o dia e roída de manhã cedo. E no meio do dia tudo viçoso outra vez... É como o senhor diz. Seu serviço é tomar conta das couves e não deixar nada, nem um bichinzinho, nem uma lagarta chegar perto de uma folha que seja. Nem de um broto. Está bem?

— Está bem.

O moço foi para aquele mundaréu de horta, deu uma volta, examinou tudo, estava um tempo bom, o ar quieto, sem folha bulindo, sem gente passando. "Ora, não vai acontecer nada esta noite."

— Onde eu sento?

— Senta e até deita, conforme queira, naquela rede ali no canto. Mas não durma.

— Não tem perigo.

Ele se sentou na rede, começou a pensar na vida, a matutar nas coisas estranhas que acontecem por este mundo afora, a olhar para as folhas brilhantes, com fulgores de prata, e foi indo, os olhos pesando, a rede pegou a dar um balango leve, nhém, nhém, nhenhém, nheeeeeeém... e ele dormiu. Pra quê? Foi acabar de fechar os olhos, quando os abriu meio sarapantado, o couval inteiro tinha sumido. As folhas, grandes como orelhas de gigante, estavam roídas até o sabugo.

O moço esfregou os olhos.

— Meu Deus do céu, o que foi isso?

O que foi é que ele levou um carão do homem, não recebeu paga nenhuma. Teve que ir embora de mãos abanando, depois de ter se esforçado tanto para não dormir.

— Vá! Vá! Você e seu serviço de bobo, de tomar conta de lagarta de couve!...

No que o rapaz foi por um caminho, tinindo de raiva, pela outra entrada da fazenda chegou o segundo irmão.

— Tem um serviço pra mim, aí? — foi logo perguntando.

— Só o de vigia...

— Estou cansado de andar, e com fome. Qualquer coisa serve...

E foi a mesma coisa que o irmão. Comeu, bebeu e dormiu. Bicho veio, papou a couve e ele não recebeu um tostão furado, além de ser posto para fora a toque de caixa.

Na casa dos velhos pais, o caçula dizia:

— Há mais de quinze meses Tonho e Pedro foram embora e não dão notícia. Quem sabe lá o que aconteceu com eles? Não seria bom eu ir procurar os dois?

Pai e mãe se entreolharam, desconsolados muito, demais mesmo.

— Agora, filho mais novo, não sobrou nem uma triste moeda para pôr na sua mão. Como vai ser?

— Não se afobe, meu pai! O que eu quero mesmo é a sua bênção. Mais vale quem Deus ajuda. E um viradinho desses gostosos que mãe faz, pra ir me lembrando dela pelo caminho.

E com essa ele também se foi.

Não se passou muito tempo, Joãozinho deu com os costados na mesma fazenda onde estiveram os irmãos. A mesmíssima. Com o couval reverdescido, brilhante de sol e de gotas de orvalho e o mesmo homem, à procura de quem tomasse conta de bicho que dava na couve.

— E eu sou lá vaqueiro de lagarta? — redarguiu o moço. — Em todo caso, eu aceito esse serviço mais esquisito. Mas me responda uma coisa: aqui pelas vizinhanças o senhor não encontra algum menino que queira ganhar uns níqueis pra esse servicinho de vigiar couve?

— Ché, moço! Já repassei todos eles. Nenhum aguentou o serviço.

— E dos de fora?

— Têm vindo muitos. Nenhum fica.

— Não passaram por aqui dois moços fortes, com panca de corajudos?

— Juntos?

— Não, senhor. Com diferença de dias um do outro.

— Ah! Estiveram aqui, sim. Já foram de rota batida pra diante.

— Não conseguiram catar nenhunzinho desses bichos da couve?

— Não.

O moço olhou bem aquele couval imenso, verdejando e falou consigo mesmo:

— Joãozinho! Joãozinho! Chegou a hora da bênção. Aqui tem coisa.

Ele lavou os pés, jantou bem, bebeu água da bica, foi olhar a tal rede onde ia descansar, enquanto montasse guarda, sentou-se com força, pra ver se era firme, se não lhe ia dar um tombo na hora do vamos ver. Pediu uns alfinetes emprestados do homem que era dono ou o que fosse do couval e espetou cada um do lado de fora da rede, com a pontinha aparecendo dentro. "Agora que venham as lagartas ou o raio lá que seja dessa coisa come-couve-brota-couve."

— O senhor não terá uma viola, pra gente ir ponteando alguma coisa?

— Como não?

— E travesseiro de paina?

— Travesseiro? Vai dormir?

— Nhor não — disse o moço educadamente. — Pra velar no macio — acrescentou, enquanto o olhar explorava os arredores e descansava naquela couve milagrosa, que num dia se refazia dos estragos fundos da noite.

Deu de mão na violinha e pegou a pontear:

*Menina, dos olhos grandes
dos olhos da cor do mar
não me olhe co'esses olhos
que não quero me afogar.*

*Quando eu pego na viola,
quando eu começo a cantá,
verso me sai da cabeça
como letra no jorná...*

tum tum tum — tum tum tum...

Quase meia-noite, a lua ia alta no céu; sonolento, ele foi ajeitando a cabeça e, quando despencou, se deitando, que a nuca encostou nos alfinetes, espertou na hora e se sentou. Assim foi, durante algum tempo. Já bem tarde, ouviu um tropel e apareceu um cavalo alazão, de crinas compridas, ruivas, um rabo espalhado. Já ia comer as couves, quando:

— Alto lá, mocinho! Está pensando que isto aqui é casa da sogra? Vá tratando de dar o fora e é já. Que história é essa de pastar no alheio?

— Estou com uma fome dest'tamanho! — disse o cavalão com voz funda.

— Fome eu também tenho e não ando roubando couve dos outros...

O cavalão abaixou a cabeça e sacudiu o rabo.

— Vamos lá — disse o moço. — Não é tão ruim assim. Eu vou colher as folhas desenvolvidas, colocadas mais em baixo, quebrando com muito cuidado o talo, uma folha, duas, em cada pé. E deu um punhado delas ao visitante.

O cavalo comeu, deu um relincho de contente e ofereceu:

— Quando você precisar de mim é só chamar: "Me valha meu Cavalo Alazão". Eu venho.

E sumiu.

Joãozinho esfregou os olhos.

— Acho que sonhei. Cavalo que fala. Cavalo que some. Eu estou é maluco. Vamos ver no que é que fica a doideira desta noite.

Não demorou nada, apareceu um cavalo branco, mais bonito ainda do que o outro. E enorme. Um cavalão de uma altura temerosa.

— Se a bênção do meu pai me valer e me tirar desta, nunca mais me ponho como vigia de horta.

Joãozinho conversou educadamente com o cavalo branco, deu-lhe algumas bonitas folhas de verdura e lá se foi o animal, sacudindo a cabeça, agradecido e fazendo mil oferecimentos:

— Precisando de mim, é só chamar: "Me valha meu Cavalo Branco"! Sem medo nem vexame. Chame que eu venho mesmo.

— 'Tá bom, meu Cavalo Branco.

Tornou a pegar na violinha, tirando uns acordes, e, quando ia caindo para a frente, cabeceando de sono, as agulhas do travesseiro espetavam doído. Estava nisso há algum tempo, quando um tropel reboou, horta adentro, numa barulheira medonha.

— Pela amostra, é uma cavalaria. Agora é que vai voar folha pra tudo quanto é lado.

Era só um cavalo preto, veludo de negrume, brilhoso, bonito, sem nem um fio de outra cor, da beira dos machinhos até a franja da crina, em cima dos olhos. Lindeza demais. Já ia chegando o focinho na verdura quando encontrou com o Joãozinho, de braços abertos na frente dele:

— Devagar, compadre! Aqui ninguém não vai comendo couve assim, sem mais nem menos. Saiba, Vossa Cavalência Preta, que este couval tem dono.

O cavalo baixou a cabeça e bateu uma pata no chão.

— Vão umas folhinhas escondidas? — perguntou o moço, agradando.

O bichão tornou a sacudir a cabeça e ele foi apanhar as folhas mais bonitas, com o maior cuidado. O cavalo comeu sem fazer estrago.

— Assim a gente se entende — o moço aprovou. — Será que o senhor é falante, igual àqueles dois que estiveram aqui antes?

— Falo e falo bem — relinchou o cavalo, mostrando a fieira toda dos dentes. — Agradeço a sua boa atenção e as suas boas palavras. Precisando de mim é só chamar: "Me valha meu Cavalo Preto"!

Quando foi no outro dia, ah! Nunca se viu nada assim! A horta de couve era um jardim de maravilhas. Cada folha um recorte de veludo. Cada tufo um arranjo dos santos do céu. A vista se comprazia num verde-claro, cintilante, que se perdia e se esparramava por longe, em ondas, quando soprava o vento, ondas como do mar. O patrão olhou demorado e se riu. Olhou outra vez e tornou a rir.

— Quebrou-se o encanto — ele falou.

— É bonito — concedeu o moço.

— Fique comigo — propôs o homem. — Você é protegido do povo encantado.

— Não posso. Tenho que procurar meus irmãos. Nosso pai está esperando notícias.

— Então leve bastante ouro.

— Não carece, meu patrão. O dinheiro do trato é um bom pago. E eu tenho a bênção do meu pai comigo.

E o moço foi-se embora, no rastro dos dois irmãos.

Anda que anda, chegou a um reino onde as casas eram tão altas que as pontas das torres espetavam as nuvens e o chapeuzinho preto das chaminés desaparecia entre cirrus e cumulus.

Casas branquinhas, com janelas verdes. Em volta delas viçavam jardins, com flores coloridas. O povo da rua passeava sem pressa, devagar, com roupagens que eram tal e qual panejamentos de santo: seda colorida embrulhando o corpo. Os homens usavam correntes de ouro no pescoço e nos braços, argolas de brilhantes nas orelhas; gorros com borlas douradas. Cruzavam uns com os outros, cumprimentando, de modo que o senhor rei em pessoa tinha descido do trono e estava ali.

— Que terra é esta?

— É terra onde todos que passam são príncipes querendo casar com a filha do rei.

— Tudo gente de fora. Porque o rei é o mais rico do mundo. Mora num palácio inteirinho de ouro, o mais alto, o mais bonito, que fura as nuvens e só não chega na porta do céu porque Deus desafastou a entrada pra lá.

— Porque Deus não foi servido! — corrigiu o moço.

— Ou isso. São modos de dizer.

A princesa estava sentada à varanda do palácio, tão no alto que era vista pequenininha como uma boneca.

— Ela é bonita?

— Mais do que uma estampa.

— E o que é que falta pra ela noivar?

— Falta um milagre, moço. O rei tem um anel de brilhante, que ele empresta aos moços que querem casar. O pretendente tem que montar num cavalo, vir no galope, dar um salto com cavalo e tudo e colocar o anel no dedo da princesa, lá naquela altura de nuvem. Só se ele viesse montado num urubu. Só de chegar na altura da varanda e atirar o anel, ele ainda pode tentar mais duas vezes.

— E depois?

— Os campos estão cheios de forcas, assim, de príncipes dependurados.

— E algum ainda teima em saltar?

— Muitos teimam. As ruas estão regurgitando. Daqui a pouco, junta povo pra assistir.

— E essa princesa não tem coração?

A essa pergunta ninguém sabia responder.

Andando pelas ruas, Joãozinho passou por uma estrebaria, onde havia bonitos cavalos de raça. Parou um pouco, e quem viu, cuidando deles? Pois exatamente os dois irmãos desaparecidos. O encontro provocou a maior alegria. Joãozinho quis saber se eles também iam tentar colocar o anel no dedo da princesa e eles disseram que não. Deus os livrasse de providência até contra a natureza, que eles não tinham asa nem nada. Que estavam ganhando muito dinheiro com a criação de cavalos, porque aqueles loucos compravam os melhores animais por bom preço e no outro dia os vendiam a troco de banana.

— Mas não são todos enforcados?

— Só quem tenta e fracassa três vezes.

Nessa noite, Joãozinho dormiu na estrebaria, no meio da alfafa. À tarde, quando o sol dourava as altas casas brancas de janelas verdes e de pontudas setas vermelhas fura-nuvens, todo mundo foi ver os príncipes que arriscavam a vida, em seu jogo pra casar com a princesa. Joãozinho, sentado à porta, invocou:

— Me valha, meu Cavalo Alazão!

No repente, apareceu o cavalo alazão, com arreios de prata e um parelho de roupa de príncipe para o Joãozinho vestir. Todo de seda branca e vermelha. O cavalo parou para o Joãozinho montar e foi direito para o palácio do rei. Tomou distância, veio num prequeté-prequeté aloucado, deu um salto que parecia um voo. O povaréu ficou de nariz pra cima, espiando. O cavalo passou rente da varanda, Joãozinho se abaixou e colocou o anel na palma da mão da moça. Foram palmas e vivas, e mais palmas e mais vivas, o cavalo desceu pelo outro lado.

Fizeram indagações de todos os lados: quem era, quem não era? Ninguém mais viu onde foi parar cavaleiro e cavalo. Quando os irmãos chegaram, falando muito e descrevendo o acontecido, Joãozinho estava bem de seu, sentado num banquinho, na porta.

— Você não foi nem olhar, seu pamonha! Está uma festa na cidade. O príncipe de hoje não venceu porque não quis. O cavalo dele ainda parou um bocadinho no ar. É um bonito moço. Vestido com muita riqueza...

No segundo dia, os irmãos foram ver novamente o espetáculo das tentativas dos príncipes, e Joãozinho ficou sentado em seu banquinho, assobiando alegremente.

— Vamos! — convidaram os irmãos.

— Mais tarde — respondeu ele.

De tardezinha, depois de dar a ração dos animais, ele clamou:

— Me valha, meu Cavalo Branco!

Nem tinha acabado de falar, o cavalo estava ali, de arreios de prata, com ourela de ouro, e o parelho do mocinho todo de cetim branco e debruns dourados. Era ver uma igreja em dia de festa.

Nessa tarde, o cavalo voou mais alto, deu uma volta na torre do palácio, fez três passos de dança, caracolando perto da princesa e lá se foi, como o vento.

Quando os irmãos chegaram, entusiasmados, Joãozinho estava tomando café.

— Nunca vi mocorongo mais pasmado do que esse Joãozinho — disse um deles. — Perder o espetáculo que nós vimos hoje!

No terceiro dia, a expectativa subiu a um ponto de fervura. Na cidade inteira não se falava em outra coisa. Era Príncipe do Cavalo Alazão pra cá, e Príncipe do Cavalo Branco pra lá. Nas praças já se faziam rodinhas, apostando que naquele dia o moço ficava vencedor. Outra dúvida era: muda de cavalo, não muda. Os dois que apareceram já são os melhores que existem. Pois sim...

Chegou a hora e apareceu um cavalão preto, como os pecados mortais. Como todos os sete pecados. Negro, um veludo. Com arreios relumeando de ouro puro. O príncipe ia de preto com alamares dourados. O cavalo veio vindo, num voo tranquilo, planou perto das nuvens, desceu um pouco, o moço se inclinou, estendeu a mão direita, com o anel entre o polegar e o indicador, a princesa espichou a alva mãozinha de dedos longos. O cavalo parou, o príncipe desceu, ajoelhou diante da princesa, colocou-lhe o anel no dedo. Isso, a praça apinhada de gente quase afundou no chão, com as palmas, os pulos, os aplausos. O povão delirou.

O casamento foi dali a um mês. Eu? Ah! eu fui. Comi muito e ainda trouxe vinho na peneira e doce na garrafa. Mas, quando cheguei perto da ponte, os cachorros do vigário deram em cima de mim e eu derrubei tudo no rio...

Os três irmãos e o rei cego

Era uma vez um rei que tinha três filhos, bonitos como a lua sobre a montanha. Quem os visse indagaria: qual foi a fada que os tocou com sua varinha mágica? Tão belos e, decerto, perfeitos de caráter e de virtudes. Ah! Meus meninos! Quem vê cara não vê coração.

Certo dia, um mensageiro veio, parecia que de muito longe, galopando pelos campos orvalhados. Cansado, ao apear da montaria, desmaiou. Quando voltou a si, contou que um povo de invasores tinha ultrapassado as fronteiras do reino. Eram meio selvagens, matavam gente e destruíam cidades.

O rei decidiu ir à guerra, à frente do exército, montado num cavalo branco, de penacho encarnado.

— Vamos, filhos! — gritou ele, convidando para a luta os três príncipes formosos.

O mais velho se desculpou, dizendo que não era necessária uma expedição de guerra. Os invasores estavam muito longe, não prejudicariam a não ser a pobreza da fronteira. A corte e os nobres, na capital, estavam livres de qualquer perigo. Demais, se o rei ia para a guerra, alguém tinha que ficar à testa do governo; a rainha não teria condições de gerir os negócios de estado. O segundo alegou que era casado, que tinha uma filhinha linda, não queria arriscar a vida que, fazendo bem as contas, não lhe pertencia mais. E o terceiro apenas declarou que era pacifista.

— Se eu sou contra a guerra, como vou combater?

— Nem para defender a pátria, filho?

— Não temos essas urgências — ele disse. — O perigo não chega até aqui. Trata-se de alguns bandoleiros, em correrias de pilhagens. O governador de província dará jeito neles.

O rei abanou a cabeça.

Lá se foi o rei para a guerra, à frente do exército, montado em seu cavalo branco, de penacho encarnado.

Todos os dias chegavam mensageiros, com notícias das batalhas.

"O rei vence."

"Os invasores estão sendo escorraçados."

"Infligimos ao inimigo pesadas perdas."

"Estamos dizimando a canalha."

A cada nova auspiciosa espoucam os foguetes, bimbalham os sinos, o povo vai para a rua aos gritos de "Viva o rei!". E as casas se engalanam com folhagens e toalhas de renda nas janelas, como na passagem da procissão de Corpus Christi.

Foi um dia, veio a notícia final. Vencido o inimigo, definitivamente, o rei vinha para ficar.

Banda de música nas ruas, taratachim, taratachim! O povo todo aos abraços, e às gargalhadas, pela cidade, botequins cheios de gente que bebia em regozijo, as igrejas cheias dos que rezavam em ação de graças.

Com tantos rumos, nem prestaram atenção aos mensageiros que vinham e vinham, uns atrás dos outros, e, quando assustaram, o rei estava às portas da cidade, com os remanescentes do exército, antigamente tão luzido.

O barulhão redobrou. Havia gente que ria e outros que riam e choravam. As charangas desfilaram à espera dos heróis, tocando os seus dobrados, com a maior animação.

Mas, de repente, tudo se calou, tomado de espanto.

O rei vinha conduzido pela mão. Como um menininho. Cego.

Isso, meus meninos, é que foi tristeza. Os sinos cessaram de tocar, silenciaram os risos, não houve mais danças nem festas. Os médicos do reino foram todos chamados. Depois vieram os de fora, os de outras paragens, experimentando. Constituíram-se juntos, cada um discorrendo a respeito de sua sabença, e se desentendendo uns com os outros.

O rei, a princípio, tomava os remédios e aguardava os resultados. Mas como não tinha muita paciência e percebia que ninguém conseguia fazê-lo recobrar a vista, ficou uma fúria e queria mandar degolar os médicos.

Certo dia, um homem se apresentou como curandeiro.

— Não vem são, seu homem, que o negócio aqui está um perigo! Se curar, muito que bem, se não curar diz que agora o seu rei não quer mais conversa. Manda passar a faca na goela.

O homem não se incomodou com aquela fala.

— Vá lá dizer pro seu rei que eu tenho um remédio que é tiro e queda. Ele enxerga na hora.

E o homem foi admitido à presença do desinfeliz.

— Majestade — ele falou —, eu sei um remédio. V. Majestade manda buscar no reino da Pedra Fria, no alto da montanha coroada de nuvens, três coisas: uma pena do passarinho de ouro, um copo d'água da cascata de cristal e um ramo verde da árvore que canta.

O rei cego rugiu:

— Prendam esse feiticeiro! Ele vai ficar preso até que eu experimente o remédio.

Chamou o filho mais velho e ordenou:

— Você vai buscar essa água, esse pássaro e esse ramo...

Partiu o príncipe com mais doze cavaleiros, em busca da cura para o rei. A multidão assistiu à partida, impressionada, o povo acompanhou os valentes até a derradeira curva do caminho, e então cada um voltou para casa. E começou a longa espera.

Em maio, mês de luares nítidos, de noites azuis. E veio junho, com muito frio, e veio o inverno gelado, e veio o agosto das ventanias, e veio a primavera tão festiva, em setembro, com miríades de flores.

E o príncipe? E os cavaleiros? Nunca mais voltaram.

Depois de um ano, partiu o segundo filho com doze cavaleiros, em busca do remédio do rei. Esses também nunca mais voltaram.

Assim, quando o filho mais novo, o caçula, o predileto, o mais formoso, quis partir também, o pai começou a chorar:

— Não, meu filho! Não posso ficar ao mesmo tempo sem a luz dos olhos e sem a luz do coração. Tudo é armadilha, é encantamento, não há cura nenhuma e eu vou mandar matar aquele feiticeiro.

Mas não o fez. O filho saiu à testa de luzida coorte, com doze cavaleiros, e a morte do feiticeiro ficou adiada para a sua volta.

Ele saiu de madrugada, mal o sol espiou por cima dos montes. Cada raio, lucilando na ponta das lanças, arrancava estrelas que esplendiam. E lá se vão os guerreiros, ao ritmo do bater de cascos de cavalos, e à música das canções de sua terra. Andaram assim, dias e dias, parando para comer e dormir, nas hospedarias de beira de estrada. Também paravam nas aldeias. O povo acorria para ver e atender aqueles soldados do rei. E foi indo, atingiram o ermo, onde nada mais se via, a não ser a planície ressecada, areia, e o dia de solzão doendo na vista. Ao principiar a subida da montanha, encontraram o velho. Velho, velho, velho, de mais de cem anos, magro como um bambu, o nariz adunco, feioso, a barba branca quase arrastando no chão. Quando falou, a voz era de taquara rachada. Quando caminhou, o passo era vacilante, o corpo todo torto, abaulado, engruvinhado.

— Meu Deus — exclamaram os guardas do príncipe. — De onde saiu essa assombração?

Mas o moço príncipe tratou o mondongo delicadamente.

— Como é, avozinho? A saúde vai bem?

— Podia ser melhor — regougou o velho, com aquela voz horrível —, mas também nada impedia de estar pior.

— Falou a voz da sabedoria, avozinho. Sabe onde fica o Reino da Pedra Fria?

— Sei, mas não posso ensinar. É muito perigoso ir até lá.

Aí o moço contou do pai cego, tão sozinho e desvalido, no castelo. Da rainha que chorava interminavelmente, no meio de suas aias desoladas, cuidando do marido cego, e lamentando a ausência dos dois filhos, possivelmente mortos. Cabia a ele, o último filho, talvez o único...

Nesse ponto, o moço parou muito admirado, porque o velho asqueroso estava soluçando e limpando as lágrimas com a barba.

— Que é isso, avozinho. O que aconteceu?

— Essa história que você está contando é ponto por ponto a minha história. Os meus filhos também...

— Mas o senhor, que sabe o caminho, por que não foi lá?

— Eu fui. E quase não consegui escapar vivo, para ficar aqui, prevenindo quem se arrisca e tenta desencantar o reino. Passou muita gente, muito moço decidido, muitos príncipes, ensinei tudo o que sabia. Até hoje ninguém voltou...

O moço foi buscar um copo d'água, fez o velho beber, depois sentou-se e ouviu atentamente como deveria fazer para encontrar os irmãos, se ainda estivessem vivos.

Primeiro haveria três rios, que corriam meandrados, para desviar os incautos do verdadeiro caminho.

— Siga um dos rios, meu príncipe. Um só, senão se perderá. Atravesse as sete pontes. Na última, vá em frente, seguindo a margem esquerda do rio. Então encontrará o cão.

— Que cão?

— Ele vai estar lá com os olhos arregalados, se estiver dormindo. Se estiver com os olhos fechados, você se esconda embaixo da ponte, nas touceiras de taboa. Quando ele arregalar os olhões, pegue o facão e corte o pescoço dele. Uma pancada só, firme. Pegue a cabeça do cão, jogue dentro do saco e vá em frente. Até chegarem os leões.

— O quê? Leões também?

O velho, velho não fez caso do aparte.

— Não corra! Pegue a cabeça do cão e jogue no meio deles. Enquanto eles lutam e se agadanham, disputando-a, você sobe um bom lanço da montanha. Quando começar o caminho das pedras redondas, pretas, amarelas e brancas, os leões não o alcançarão, mas aí você já estará no reino que procura. Porém, não olhe para cima. Volteando no céu azul voam as águias.

— Meu Deus! E o que eu faço com as águias?

— Abra a gaiola dos pombos. Solte o casal. As águias vão persegui-los e você prossegue. Junto da cascata de cristal você encontrará a moça. Ela ensinará o que deve fazer daí pra frente.

— E ela vai comigo?

— É meio difícil. Saiba você que ela é de pedra, da cintura para baixo.

— E o xale? E o pão?

— É com a moça de pedra. Agora vá. Sabe o que tem que levar?

— Sei: um saco, um facão, uma gaiola com um casal de pombinhos brancos, uma vela, um xale, uma taça de cristal, uma garrafa, um pão. E agora vou chamar os meus soldados.

— Nada disso. Você tem que ir sozinho.

E sozinho ele foi.

Fez tudo que tinha que fazer, até que encontrou a moça de pedra. E era tão linda que ele perdeu a respiração. Linda, com aqueles olhos de noite sem lua, e, jogados nas costas, os cabelos de onda bravia. Olhou para ela e ela tremia, como um taquari, agitado pela ventania. Com pena, desdobrou o xale que tinha trazido e agasalhou com ele os ombros e a cabeça da moça friorenta. Ela sorriu e o moço pensou que nesse momento se abriam para ele as portas do paraíso.

— Como você ficou assim? Coitadinha!

E então ela comandou:

— Chame o vento!

— Como, chamar o vento?

— Pelo nome.

— E eu sei lá como o vento se chama!...

— Tente. A sua vida está em jogo.

— Vento do mar aberto, vento de tempestade... — começou o príncipe, e foi por aí além. Chamou o nome dos ventos brandos: brisa, aragem, zéfiro. E os raivosos: furacão, tornado, tufão, ciclone; e os mitológicos: Eolo, Aquilão; e os ventos quentes do deserto: simum, siroco; e os brasileiros, noroeste e minuano. Convocou até o redemoinho, sem temer que viesse com o saci dentro. O vento não atendia. Pelo rosto humano da mulher de pedra, devastado pelas intempéries, começaram a descer as lágrimas. O triste príncipe estava perdido. Então, ele se lembrou que havia lido em alguma parte que o Vento Vu atendia a chamados.

— Vento Vu, por favor, me escuta!

E o Vento Vu, vuuuuuuuuuuuu! veio voando.

A moça criou alma nova. Pelo rosto onde ainda brilhavam lágrimas, perpassou a luz da esperança, como um arco-íris depois da tempestade.

— Vento Vu! — disse ela, com voz muito vibrante. — Percorra o reino e traga um pelo de cada leão e uma pena de cada águia. Depressa!

O vento foi e veio num átimo. Trouxe as penas, trouxe os pelos, deixou tudo com o herói.

A moça ensinou:

— Pegue essas penas e vá escalando, como puder, a montanha. As águias descem em cascata, do pico, em muitos pontos. Você reconhecerá depressa a cascata de cristal, porque vem forte descendo o monte, toda de prata e luz, com revérberos faiscantes, e quando tomba no lago, forma uma superfície espelhante, onde dançam as cores. Ali mesmo, debruçada sobre a água, está a árvore que canta. E canta mesmo, à passagem da brisa, pelos ramos verdes. O passarinho de ouro mora num dos ramos.

— É arisco?

— Não. Mansinho. Vem até pousar na mão dos chegantes.

— Mas então é tudo muito fácil depois que se chega aqui. Apanho a água, quebro um galho da árvore, prendo o pássaro na gaiola... e me mando para nunca mais pôr os pés nesse lugar.

— E os seus irmãos?

Em torno do lago que a cascata de cristal formava, caindo de muito alto entre espumas, enrolavam-se milhares de cobras. Entre *sssssssssss* e rodilhas, silvavam, parecendo iradas. Em compensação a brisa, ao passar pelos galhos verdes de um salso chorão, que se debruçava sobre as águas, tocava músicas dulcíssimas. Nesse momento, o pássaro de ouro desceu da árvore e, de pé num galho seco, na beiradinha da lagoa, limpava as penas com o bico, molhando-o, de cada vez, nas alvas águas espumejantes. As penas eram mesmo de ouro, e como brilhavam! O moço príncipe ficou de longe olhando, sem poder se aproximar. Nesse momento, o Vento Vu chegou com um carregamento de penas de águias, mas não somente de águia; ele trouxe dos parentes de rapina: do gavião, do carcará, das corujas. Cada uma das penas se transformou numa ave faminta. Eram bicos lacerando serpentes, e foi um *shshshhshshshshs* das cobras em fuga, entrando pelas fendas, entre pedras, até que todas desapareceram.

O herói nem teve tempo de se alegrar. Avizinhou-se da árvore cantora, e deu com um monstro medonho, de três cabeças, com três línguas compridas como de tamanduá. E enorme. E rabudo. E dentuço. Soltando fogo pelas ventas. Dando patadas no ar. E urrando, num barulho temeroso.

O Vento Vu trouxe os pelos das feras, leões surgiram do chão, em pulos elásticos, dezenas, centenas, rodearam o monstro atacando-o por todos os lados e, dentro em pouco, ele estrebuchou e morreu.

O moço, mais que depressa, encheu a garrafa de água da cascata de cristal, quebrou um galho da árvore cantante, chamou no pio o passarinho mágico e se preparou para descer até o mundo dos homens. Levava as três preciosidades: a água, o pássaro, o ramo.

A voz escolheu esse momento para reboar como um trovão sobre as quebradas.

— Ouça, príncipe! Recolha muita água da cascata de cristal. Asperja com ela todo esse chão de pedras do Reino. As amarelas. As pretas. As vermelhas. As brancas.

O príncipe fez. À medida que orvalhava aquele mundo de pedras, iam se levantando moços, moças, crianças, negros e morenos, loiros e ruivos, e toda aquela gente dava gritos de alegria, por estar ressuscitando. E, felicidade maior para o príncipe, os irmãos desaparecidos, também se levantaram do chão e engrossaram, com seus cavalarianos, a multidão que fugia das terras enfeitiçadas. O príncipe desceu a montanha, orvalhando as pedras, até que atingiu com a molhadura a moça de pedra. Ela também se levantou feliz, e foi com ele para o reino do rei cego.

O caminho dessa vez era um imenso ermo. O velho, velho não estava mais lá. Sumiram as sete pontes, os rios meandrados.

No palácio, o moço molhou o ramo verde na água de cristal e o sacudiu nos olhos do rei. A primeira coisa que o rei viu foi o pássaro de penas de ouro, na gaiola. E a segunda foi perceber que ele ia se transformando num belo mancebo, que saiu, cumprimentou e se foi. Deixou de lembrança uma pena de ouro, dizendo:

— Com esta pena, escreva somente as belas sentenças, brotadas da caridade e do coração.

E o moço príncipe? Casou com a Moça Bonita, que não era mais de pedra? Reinou depois da morte do rei, por muitos e muitos anos? Foi bom rei?

Não sei, meus meninos. Aqui o conto acabou.

HISTÓRIAS DA MITOLOGIA

TERCEIRA PARTE

O bom gigante

Bom Gigante era um trabalhador braçal.* Seu grande sonho era servir o homem mais poderoso do mundo.

— Procure um guerreiro, moço! O guerreiro luta pela pátria, é valente, ousado, temido.

— Temido? — repetiu o moço risonho. — Onde assiste esse homem? Vou trabalhar para ele.

O guerreiro avaliou o Bom Gigante, a sua altura elevada, a forte musculatura, os sólidos pés plantados no chão. O olhar firme, direto, valente.

— Você serve.

* A formosa história do Bom Gigante, contada e recontada por tanta gente, passou à imortalidade da lenda, e pode ser inscrita igualmente no gênero das histórias pias. Poetas, contadores de histórias e o povo narram o mesmo enredo. Histórias que falam de homens que buscam alguma coisa, além do pão, são parentes entre si.

O Gigante fazia tudo quanto seu mestre mandava, alegremente, com boa vontade total.

E foi um dia, o guerreiro comandou:

— Vá ao palácio do rei buscar a ordem de conduzirmos as tropas para a guerra.

— Buscar o quê, senhor Guerreiro?

— Ordem...

— Eu ouvi. Por que o senhor não resolve por si?

— Porque não posso, meu bom homem. O senhor rei é quem manda.

— Então vou trabalhar para o rei.

Foi mesmo. O rei se agradou daquele homem tão sincero, tão valente e o tomou ao seu serviço.

Os anos se passavam devagar. O gigante trabalhava com alegria.

Esse rei foi derrotado quando guerreou com um soberano mais destemido e senhor de tropas melhores. Imediatamente, o gigante passou para o serviço do vencedor. Mas este temia os magos e os feiticeiros da corte, astrólogos e adivinhos. Vivia rodeado dessa gente da magia. O gigante procurou o chefe dos feiticeiros e começou a servi-lo fielmente, como era de costume. Mexeu muita poção, feita com pele de bichos, acendeu fogos azuis para o cozimento de coisas tão esquisitas como sangue de sapo, asas de morcego, munhecas de macaco.

Quando descobriu que o feiticeiro temia o Demônio, empreendeu a longa viagem de ida ao inferno, para começar a servi-lo. Trabalhou para o Diabo, tão fielmente e com tanta boa vontade, como costumava fazer, fosse quem fosse o amo.

— Você é o senhor do mundo, seu Diabo?

— Claro que sou. Tão poderoso que pude oferecer ao próprio filho daquele que está no alto do governo do mundo. Porque o mundo é meu feudo. Eu mando e os homens me obedecem, fazem tudo quanto quero. Por mim, eles se embriagam, correm atrás de dinheiro, tornam-se traidores, assassinos, desavergonhados. Por mim, agridem, torturam, enganam.

O gigante sacudiu a cabeça concordando com a ideia de que encontrara afinal o amo mais poderoso que existia.

A serviço do Diabo, ajudava a desviar as almas do bom caminho. Embora não lhe agradasse muito a tarefa, executava-a caprichosamente. Era o seu trabalho.

E foi um dia, passavam ambos por uma estrada, amo e criado, o Diabo se recusou a prosseguir naquela direção, dando sinais evidentes de pavor.

— Que foi? Por que não passamos por ali?

— Por causa daquela coisa de braços abertos...

— Da cruz, o senhor quer dizer.

— Não fale esse nome...

— Por que não? O senhor teme um pedaço de madeira?

— Não é só um pedaço de madeira. É uma arma com que meu inimigo do alto consegue me vencer.

O gigante recebeu o salário de vários anos, e saiu à procura do Senhor da Cruz. Todos a quem perguntava do seu paradeiro, riam-lhe na cara, chamavam-no ignorante e grosseiro, e davam-lhe as informações mais desencontradas. Uns diziam que poderia encontrar esse misterioso Senhor da Cruz nas igrejas, mas Bom Gigante jamais ali o encontrou. Outros afirmavam que era nos conventos, e ele procurou nessas instituições. Encontrou, em grande número, monges glutões, preguiçosos, ávidos de dinheiro, mentirosos. Em menor quantidade os virtuosos. E menos ainda santos. Disseram-lhe que o Senhor da Cruz estava nos confessionários. Que se transubstanciava sob as espécies do pão e do vinho, na Santa Eucaristia. Apesar de bem informado, não conseguiu deitar-lhe um olhar.

— Está nas palavras de um grande pregador, que falará à multidão, hoje mesmo.

O gigante, por mais que abrisse os olhos e os ouvidos, nada conseguiu captar, a não ser a fala comum encatarrada do sacerdote, tossicando e condenando os pecados.

Uma jovenzinha que o viu tão aflito, querendo saber do Senhor da Cruz, para servi-lo, contou-lhe que Ele estava no céu.

Aí a pobre cabeça do gigante desgovernou de vez. Não ia procurar mais. O céu estava tão longe! Que caminho palmilhar para ir até lá?

Ele se pôs a serviço do povo. Foi ficar à beira de um rio sem ponte, e ali ajudava os viajantes a passarem de uma das margens para outra. Segurava os animais pela brida, puxava-os firmemente, para que não se desviassem do caminho reto e para que não fossem parar sabe Deus onde, com a carga no lombo. Aos homens a pé, sustentava-os para que não afundassem. As mulheres e as crianças, carregava-as.

À noite estava exausto, friorento, faminto. Deram-lhe uma cabana à beira do rio e ele, mal pousava a cabeça no travesseiro, dormia um sono de bruto. Jamais recusava auxílio, fosse a quem fosse.

E os anos foram passando. E o Senhor do Mundo? E a cruz? E a criatura mais poderosa? Ele não pensava mais nisso. Estava velho e se cansava facilmente.

E aquela gente mal agradecida:

— Vamos, vamos! Temos pressa!

O gigante abanava a cabeça e atendia em silêncio.

Até que certo dia, ele viu o Menino.

— Meninozinho, você está sozinho? E seu pai? Sua mãe?

O menino falou e sua voz era dulcíssima.

— Cristóvão, leva-me para o outro lado!

O gigante colocou o menino no ombro com muita gentileza. Mas o que era isso? Parecia-lhe que afundava sob o peso. As águas o arrastavam.

— Que tem você aí, meu Menino?

— Não sabe, Cristóvão? É que carrego o mundo nas mãos.

— Por que me chama Cristóvão?

— Porque você é Cristóvão, o que carrega Cristo.

O Bom Gigante teve uma iluminação.

— Quem é você? O Senhor do mundo? O Senhor da Cruz?

— É como você diz...

— E somente agora o encontro, quando as forças já estão me abandonando?

— Há anos você está a meu serviço. Cada criatura que carrega, é a mim que está carregando.

— A teu serviço, Senhor?

— A meu serviço.

O gigante cambaleou, afundou, o Menino o foi arrastando pelas águas da branca espuma, e o levou para o caminho recém-encontrado.

Ah! Que macio e balouçante, e claro o caminho do céu.

Prometeu e Pandora

Antes que a terra, o céu e o mar fossem criados, todas as coisas tinham a mesma aparência, e a isso se dava o nome de Caos, massa amorfa e desorganizada, onde jaziam as sementes dos seres. O mar, a terra e o ar estavam misturados; assim, a terra não era sólida, o mar não era fluido, e o ar não era transparente. Deuses e Natureza afinal alcançaram acordo e puseram fim a essa discórdia, separando terra do mar, e o céu de ambos. A parte mais leve formou os céus. A terra, sendo a mais pesada, afundou na massa do Caos, e a água teve que escorrer para as gretas mais fundas. Foi aí que um deus — não se sabe qual — prestou os bons ofícios de dar forma a terra, dispondo os rios e as montanhas, esculpindo os vales, arranjando lugar para as fontes e aplainando alguns locais. Os peixes tomaram conta das águas, os pássaros, do ar, e as bestas de quatro patas ficaram na terra. Como o ar foi feito claro, as estrelas começaram a aparecer.

Mas era preciso haver um animal mais nobre, e se fez o Homem. Não se sabe se o criador usou materiais divinos, ou se, na terra, tão separada do céu, ainda remanesciam algumas pequeninas sementes divinas. O fato é que Prometeu tomou um pouco da terra, molhando-a com água, e fez desse barro o homem, à imagem dos deuses. Deu-lhe estatura ereta, para que, enquanto todos os animais olhassem para baixo, para a terra, o homem elevasse o seu olhar para o céu, e encarasse as estrelas.

Prometeu era um dos Titãs, uma raça de gigantes, que habitava a Terra antes da criação do homem. Para ele e seu irmão Epimeteu, foi designado criar o homem, e prover a ele e a todos os animais as faculdades necessárias para a preservação. Epimeteu lançou-se ao trabalho, enquanto Prometeu fiscalizava a obra. Epimeteu distribuiu aos diferentes animais os vários dotes de coragem, força, sagacidade; asas para um, garras para outro, carapaça para um terceiro. Mas quando chegou a vez do homem, que devia ser superior aos outros animais, Epimeteu havia sido tão pródigo que nada restava que lhe dar. Em perplexidade recorreu a Prometeu, que, com a ajuda de Palas Atena, foi ao céu, acendeu uma tocha na carruagem do sol, e levou o fogo ao homem. Com esse dote o homem ganhou a superioridade sobre os outros seres vivos, porque com o fogo podia fabricar armas que os subjugavam, ferramentas que cultivavam a terra, aquecia a casa a despeito do clima, e finalmente podia cunhar moedas e assim aprender a comerciar.

A mulher ainda não tinha sido feita. Zeus foi quem a concebeu, e a enviou a Prometeu e seu irmão para puni-los pela presunção de roubarem o fogo do céu; e ao homem, por aceitar o presente. A primeira mulher se chamou Pandora. Foi feita no paraíso, e cada deus contribuiu com alguma coisa para aperfeiçoá-la. Afrodite deu-lhe a beleza; Hermes, a persuasão; Apolo, os dotes musicais, e assim por diante. Assim equipada, foi para a terra e apresentou-se a Epimeteu, que alegremente a acolheu, embora alertado pelo irmão que tivesse cuidado com Zeus e seus presentes.

Epimeteu tinha em sua casa um jarro, dentro do qual guardava certos artigos aos quais, com a tarefa de criar o homem, não pudera dedicar tempo. Pandora foi tomada de irresistível curiosidade sobre o que continha o jarro. Um dia acabou conseguindo destampá-lo e olhar para dentro. De lá escapou uma multidão de pragas para o recém-criado homem, como a gota, o reumatismo e cólica para o seu corpo, e inveja, despeito e vingança para a sua mente, que se espalharam pelo mundo. Pandora fez o que pôde para colocar a tampa de volta ao lugar, mas era tarde. Tudo o que havia lá escapara. Com exceção de uma coisinha esquecida lá no fundinho da jarra. Era a esperança.

Vemos que, por mais males que haja por aí, a nos torturar, a esperança jamais nos abandona de todo, e enquanto a tivermos não ficaremos sós, não importa que quantidade de males nos aflijam.

Outra lenda diz que Pandora foi enviada de boa-fé, por Zeus, com uma caixinha que continha seus presentes de casamento, ofertados cada um por um deus. Ela abriu a caixa, curiosa, e as bênçãos escaparam todas, menos uma.

O mundo, assim habitado, iniciou a sua primeira era, de inocência e de felicidade, chamada Idade do Ouro. A verdade e o direito prevaleciam, embora não fossem sancionados pela lei, nem havia magistrado para ameaçar ou punir. Não havia ainda casas nem a navegação para roubar madeira das árvores das florestas. Não existiam espadas, nem escudos, nem elmos. Da terra brotavam as coisas necessárias ao homem, que ainda não precisava arar, adubar e semear. Reinava eterna primavera, os rios corriam com leite e vinho, e o mel amarelo destilava dos troncos.

Aí veio a Idade da Prata, inferior à do Ouro, mas melhor que a do Cobre. Zeus encurtou a primavera, e dividiu o ano em duas estações. Primeiro os homens tiveram que aturar os extremos do calor e do frio, e viram que era necessário erguer casas; deixaram as cavernas e as florestas. As plantações não mais cresciam sem ser plantadas, e o boi teve que ser domesticado para puxar o arado.

    Aí veio a Idade do Bronze, o homem desenvolveu temperamento delicado, pronto para pegar em armas. Mas o período mais perigoso foi a Idade do Ferro. O crime crescia como enchente; modéstia, verdade, honra, desapareceram. Em seu lugar vieram a fraude, a violência, a ganância. Os marinheiros botaram velas ao mar, as árvores começaram a ser cortadas para servirem de mastros e pontilharem o oceano. A terra, que até então era cultivada em comunidade, foi dividida em possessões. O homem ficou insatisfeito com o que a superfície produzia, e começou a cavar poços, e descobriu os metais. O enganoso ferro e o mais enganoso ainda ouro passaram a ser produzidos. A guerra apareceu sobre a terra, e os dois metais foram usados como armas. O hóspede não estava a salvo na casa do amigo, nem os genros na casa dos sogros; irmãos e irmãs, maridos e mulheres, ninguém confiava em ninguém. Os filhos desejavam a morte dos pais, para que pusessem as mãos nas heranças, e o amor familiar jazia prostrado. A terra estava perdida, e seus deuses a abandonaram. Um por um, até que Astreia, a deusa da inocência e da pureza, filha da Justiça, foi deixada só, e por fim também ela se foi. Seguiu para o céu e ficou colocada entre as estrelas — é a constelação de Virgem.

Zeus, vendo isso, queimou de ira. Chamou os deuses para uma reunião de conselho. Todos o obedeceram e tomaram a estrada para o Olimpo, a Via Láctea. É ao longo dessa estrada que ficam os palácios dos deuses.

Zeus falou. Maldisse a condição das coisas sobre a terra, e anunciou sua intenção de destruir todos os habitantes para criar uma nova raça, diferente da primeira, que vivesse melhor e adorasse mais seus deuses. Assim disse e assim fez. Chamou o Vento Norte, que arrebanha as nuvens, e em breve a terra estava coberta de um manto escuro e denso. Ribombaram os trovões e caíram torrentes sem fim de chuva. As colheitas de um ano foram perdidas em uma hora. Mas Zeus ainda não estava contente e chamou o irmão Poseidon para ajudá-lo. Este soltou os rios e os derramou sobre a terra. Ao mesmo tempo, sacudiu a terra com terremotos, e fez cair a ressaca do mar sobre as praias. Manadas de gado e multidões de pessoas foram varridos pela força dos elementos. A casa que ficou de pé foi submersa. Tudo era mar, mar sem praia. Aqui e ali um homem ou outro ainda conseguia se salvar, agarrado a algum destroço flutuante. Alguns poucos botes resistiam às vagas ensandecidas de Posêidon. Nadavam os peixes pelas copas das árvores. Nadavam os lobos entre as ovelhas, leão e tigre pateavam na superfície para não se afogarem. De nada valia ao javali sua força. Pássaros mergulhavam e morriam nas águas, exaustos, sem encontrarem pedaço que fosse de terra firme para descansar. Só o monte Parnaso, de todos, tinha o cume fora das ondas. Ali Deucalião e a esposa Pirra encontraram refúgio. Eram da raça de Prometeu, ele um homem justo, ela uma crente adoradora de deuses. Zeus, quando viu que não havia homens vivos além do casal, lembrou-se do pio e gentil viver desses dois, e ordenou ao Vento Norte que soprasse as nuvens para longe, que descortinasse o céu e o sol, e que tocasse a retirada das águas.

Deucalião disse a Pirra:

— Ó esposa, única mulher sobrevivente, possuíramos nós o poder de Prometeu, e recriaríamos a raça humana como ele a fez! Mas não podemos, pois então vamos ao templo e perguntemos aos deuses o que nos resta fazer.

Entraram no templo destruído, onde não havia fogo aceso, e se aproximaram do altar. Prostraram-se e inquiriram os deuses sobre seus miseráveis destinos. O oráculo respondeu:

— Sai com a cabeça velada e as roupas abertas, e atireis para trás os ossos de vossa mãe.

Ouviram atônitos. E Pirra foi quem quebrou o silêncio:

— Não podemos obedecer; não ousaremos profanar os restos de nossos pais.

Mas Deucalião entendeu:

— Ou minha sagacidade me desaponta, ou a ordem deve ser obedecida sem impiedade. A terra é o maior parente de todos, as pedras são seus ossos, e elas são o que devemos atirar para trás de nós, e acho que esta é a mensagem do oráculo.

    Velaram as faces, abriram as roupas, apanharam pedras e as atiraram por sobre os ombros. Ao caírem, cresciam e ganhavam forma, aos poucos se parecendo com seres humanos, o barro se transformando em carne, as partes rochosas virando ossos, as veias quedando-se veias, mantendo nome, mas mudando o uso. Era uma raça mal-acabada, mas afeita ao trabalho. As atiradas por Deucalião foram homens, as atiradas por Pirra foram mulheres. Essa raça mal acabada, rústica, é a raça humana que ainda hoje conhecemos.

A leste do sol e a oeste da lua*

Era uma vez um pobre homem que tinha muitos filhos, mas pouco o que lhes dar de comer e de vestir. Todos muito bonitos, mas a mais linda era a filha mais nova, cuja beleza não havia limites.

Uma vez, numa tarde de quinta-feira de outono, fria, escura, chuvosa, o vento soprava tão fortemente que as pa-

* Esta história, do folclore escocês, foi recolhida e editada por Andrew Lang, que a incluiu no seu *The Blue Fairy Book* (Livro azul das fadas), publicado no final do século passado — a edição original, com o título *East of the Sun and West of the Moon* está disponível na plataforma Gutenberg, neste endereço eletrônico: http://www.gutenberg.org/files/503/503.txt. Lang viveu entre 1844 e 1912.

redes do casebre tremiam. A família estava reunida em torno do fogo, cada um ocupado com alguma coisa, quando de repente alguém bateu três vezes na janela. O homem saiu para ver o que podia ser, e deu de cara com um grande urso branco, em pé, na frente dele.

— Boa noite — disse o urso.

— Boa noite — disse o homem.

— Você me daria a sua filha mais nova? Se me der, eu o farei rico.

Na verdade, o homem nada tinha contra ser rico, mas quis primeiro consultar a filha. Entrou no casebre e contou que lá fora estava um urso branco que havia prometido fazê-lo rico se ele lhe desse a filha mais nova.

Ela ralhou com o pai e disse que não queria nem ouvir falar disso.

Na quinta-feira seguinte, o urso apareceria para pegar a resposta. Aí o homem persuadiu a filha, e tanto pediu, e tanto insistiu que seria uma coisa boa pra todo mundo que ela afinal acedeu. Lavou e remendou todos os seus andrajos, arrumou tudo o que tinha para levar — bem pouco — e se aprontou para esperar o Urso Branco.

Na quinta-feira, lá veio o Urso Branco. A moça se encarapitou nas costas do bicho com sua tralha, e partiram. Quando tinham viajado um pedação, o Urso Branco disse:

— Está com medo?

Ela respondeu:

— Não.

— Fique agarrada ao meu pelo, e não haverá perigo.

E continuaram a viajar, até que chegaram a uma grande montanha. O Urso Branco bateu, uma porta se abriu, e eles entraram num castelo onde todas as salas eram iluminadas de ouro e prata; no salão principal havia uma grande mesa muito bem-posta. O Urso Branco deu a ela uma campainha de prata e disse que tudo o que precisava fazer era tocar e o que ela desejasse apareceria. Depois de comer, ela teve sono, e quis ir para a cama.

Tocou a campainha, e mal tinha ouvido o último som quando se viu num quarto onde uma cama estava prontinha, esperando por ela. Tinha travesseiros de seda, e cortinas de seda com franjas de ouro, e tudo o mais no quarto era de ouro e de prata. Quando ela apagou a luz e se deitou, um homem veio e deitou-se ao lado dela. Era o Urso Branco, que perdia a forma de animal durante a noite. Ela nunca o via, no entanto, porque ele só vinha depois que ela apagava a luz, e desaparecia assim que a luz do sol surgia.

Tudo seguiu feliz por um tempo, mas ela começou a se sentir triste por causa dos dias longos em que era deixada só, e quis ir para casa, para o pai, a mãe e os irmãos.

O Urso Branco perguntou se era isso mesmo o que ela queria. Ela reclamou que ficava sozinha o dia inteiro no castelo deserto, e que em casa tinha todos os irmãos e irmãs.

— Posso te levar para uma visita, se você me prometer nunca falar com sua mãe a sós. Mas fique atenta, porque ela tentará levar você para um quarto para conversar; não o faça, porque isso trará grande desgraça para nós dois.

Num domingo, pois, o Urso Branco veio e disse que podiam ir visitar a família. Viajaram muito tempo, ela montada nas costas dele, e afinal chegaram a uma casa branca, linda e grande, onde os irmãos e as irmãs brincavam.

— Seus pais moram aqui, agora. Não esqueça o que eu disse, ou causará a nós dois grande sofrimento.

— Nunca esquecerei.

O Urso Branco foi embora.

Todo mundo ficou muito feliz em vê-la. Todos estavam muito agradecidos por ela ter propiciado a eles a nova vida numa casa bonita, com dinheiro e alegria. Perguntaram como era a vida dela com o Urso Branco e ela foi disfarçando e não contou nada direito. Depois do almoço, tudo aconteceu direitinho como o Urso Branco tinha previsto: a mãe a pegou pela mão e quis levá-la para o quarto, para conversarem a sós. Ela se lembrou do que o urso dissera e não quis ir, mas de tanto insistir, a mãe acabou conseguindo levá-la, e ela contou toda a história.

— Ó! Então você está dormindo com um feiticeiro! Mas vou ensinar um jeito de você vê-lo. Pegue um pedaço de vela e leve escondida junto ao seio. Quando ele estiver dormindo, acenda a vela e o enxergará. Mas cuidado para não deixar cair a cera quente sobre ele.

Ela fez o que a mãe sugeriu e guardou o pedaço de vela.

Quando chegou a tardinha, o Urso Branco veio buscá-la. Perguntou se tudo acontecera como ele previra, e ela não conseguiu mentir para ele. Ele ficou triste, sua fisionomia se encheu de sombras e avisou de novo que os dois iriam sofrer.

— Mas eu não fiz nada! — queixou-se ela.

Mas faria. À noite, enquanto o urso dormia em sua forma humana, ao lado dela, ela se levantou e acendeu a vela, para iluminá-lo. E o viu. Era o mais lindo príncipe do mundo, e ela o amou tanto que achava que morreria se não o beijasse naquele instante. Foi beijá-lo, mas ao se inclinar três gotas de cera quente caíram sobre a pele dele. Ele acordou.

— O que foi que você fez? Arruinou nossa vida! Se tivesse tido paciência e esperasse um ano, eu estaria livre da maldição que me cobre e que me obriga a usar esta aparência de urso durante o dia. Agora tudo está acabado entre nós, e devo deixá-la. Tenho que encontrar minha madrasta, que me amaldiçoou. Ela mora num castelo que fica a leste do Sol e a oeste da Lua, e com ela vive uma princesa com um nariz de um palmo de comprimento, com quem devo me casar.

A moça chorou e se lamentou, mas em vão, porque ele tinha que cumprir o seu fado. Quis ir com ele. Não podia, ele explicou.

— Então diga-me como poderei procurar por você! Isto você não pode negar...

— Sim, você pode me procurar, se quiser. Mas não há estradas para onde vou. Fica a leste do sol e a oeste da lua, e você nunca encontrará o caminho.

Quando ela despertou, pela manhã, o príncipe desaparecera. O castelo também não existia mais, e ela se viu deitada num monte de folhas em uma floresta escura e espessa. Ao seu lado, os mesmos andrajos que ela usava naquela quinta-feira em que o urso a levara. Esfregou os olhos, achando que era sonho, mas não era. Primeiro chorou até se cansar. Depois, conformada, começou a andar. Andou muito, o dia inteiro, até que deu com uma grande montanha. Ali estava uma velhinha, segurando uma maçã de ouro nas mãos. A moça perguntou se conhecia o caminho da casa da madrasta do príncipe que ficava a leste do sol e a oeste da lua, e onde morava uma princesa com um nariz de um palmo com quem ele devia se casar.

— Como é que você o conhece? — perguntou a velha. — Quem sabe é você a mulher que ele escolheu...

— Sim, sou eu — ela disse.

— Então é você. Não, não sei nada sobre ele a não ser que vive num castelo a leste do sol e a oeste da lua. Você vai demorar muito para encontrar o castelo, se conseguir encontrá-lo. Mas vai ter que levar o meu cavalo, e depois cavalgar até a casa de uma outra velhinha. Talvez ela saiba onde ele vive. Quando chegar, dê uma batidinha na orelha esquerda do cavalo que ele voltará sozinho para mim. Mas leve esta maçã dourada com você.

A moça agradeceu, montou no cavalo e cavalgou muito, muito tempo, e afinal chegou a outra montanha, onde outra velhinha estava sentada, com um pente de ouro na mão.

A moça perguntou se ela conhecia o caminho para o castelo que ficava a leste do sol e a oeste da lua, mas ela respondeu o mesmo que a velhinha anterior.

— Nada sei sobre o castelo a leste do sol e a oeste da lua, mas você vai demorar muito para encontrar o castelo, se conseguir encontrá-lo. Mas vai ter que levar o meu cavalo, e depois cavalgar até a casa de uma outra velhinha. Talvez ela saiba onde é o castelo. Quando chegar, dê uma batidinha na orelha esquerda do cavalo que ele voltará sozinho para mim.

A mulher lhe deu o cavalo e o pente de ouro, dizendo que podia ser útil.

Montou a moça no outro cavalo e cavalga que cavalga, depois de muito tempo chegou a uma terceira montanha, onde estava uma terceira velhinha, esta com um catavento de ouro nas mãos. Perguntou o caminho para o castelo do príncipe que ficava a leste do sol e a oeste da lua. A conversa foi a mesma que antes.

— Talvez seja você a escolhida.

— Sim, sou eu.

Mas esta anciã também não sabia o caminho, mas só que ficava a leste do sol, que era muito longe e muito difícil de chegar.

— Você vai ter que levar meu cavalo, e acho que devia procurar o Vento Leste e perguntar a ele. Quem sabe ele saiba onde é o castelo, e sopre você até lá. Assim que chegar, bata na orelha esquerda do cavalo que ele voltará para mim.

E lhe deu o catavento de ouro, dizendo:

177 •

— Quem sabe isto possa ser útil para você.

A moça montou e cavalgou por muitos dias, e afinal chegou. Encontrou o Vento Leste e perguntou-lhe se podia dizer o caminho para o castelo do príncipe que ficava a leste do sol e a oeste da lua.

— Bem — disse o Vento Leste —, já ouvi falar do castelo e do príncipe, mas não sei o caminho, porque nunca soprei tão longe. Porém, se quiser, vou com você até o meu irmão, o Vento Oeste. Ele talvez saiba, porque é mais forte do que eu e alcança lugares que eu não alcanço. Sente-se aqui nas minhas costas e a levarei até ele.

Foi o que ela fez, e voou suavemente sobre as costas do Vento Leste até a casa do irmão dele. Ao chegarem, ele entrou e explicou que a moça que ele tinha trazido estava procurando o castelo do príncipe que ficava a leste do sol e a oeste da lua e que ele estava viajando com ela, para ajudá-la a encontrar, e queria saber se o irmão sabia do tal castelo.

— Não sei, não — disse o Vento Oeste —, porque também não soprei tão longe, mas vamos procurar o Vento Sul, que é mais forte que nós dois, e talvez ele conheça o castelo.

Foram. Ao chegarem, o Vento Oeste perguntou ao Vento Sul se sabia dizer o caminho para o castelo do príncipe, num lugar a leste do sol e a oeste da lua, porque aquela era a moça que devia se casar com o príncipe que morava lá.

— Ah! É ela? Mas não sei onde fica, não. Já andei soprando por aí, mas tão longe nunca cheguei. Vamos até o meu irmão, o Vento Norte, que certamente saberá, porque é o mais velho e mais forte de nós e não há lugar no mundo em que não tenha soprado. Eu levo a moça.

Quando chegaram perto da morada do Vento Norte, já estava tudo tão frio que eles sentiam as tripas congelando.

— O que vocês querem? — rugiu o Vento Norte, de mau humor, por entre granizos e chuvisco.

Disse o Vento Sul:

— Sou eu, meu irmão, e esta é a moça que vai se casar com o príncipe que vive no castelo a leste do sol e a oeste da lua. Ela deseja perguntar a você se já esteve algum dia lá, de modo que lhe explique o caminho e ela alegremente encontre o seu amado de novo.

— Sim, eu sei onde fica. Uma vez soprei uma tempestade de neve lá, mas fiquei tão cansado que só consegui soprar de novo uma semana depois. Se você não tem medo de ir até lá, e se tem coragem de ir comigo, eu a levo.

— Eu tenho que chegar lá! — disse a moça. — Se este é o jeito de ir, então vamos. Eu não terei medo, não importa quão forte você sopre.

— Então está bem — disse o Vento Norte. — Mas você tem que dormir aqui esta noite, porque é melhor viajar durante o dia.

Dormiram. No dia seguinte, o Vento Norte a chamou bem cedinho, antes de o sol sair. Aí começou a soprar e a crescer, e a crescer e a soprar, e ficou tão grande e forte que dava medo só de olhar pra ele. E lá se foram, pelo ar, e voaram tanto que parecia que já estavam chegando ao fim do mundo. Embaixo deles, uma tremenda tempestade rugia, dobrava árvores, destelhava casas, e quando passavam por navios eles naufragavam às centenas. E assim eles seguiam, e seguiam, e seguiam. E o mar não acabava nunca. O Vento Norte começava a ficar cansado, mais cansado, e afinal ficou tão fraquinho que nem conseguia soprar mais. A moça foi perdendo sustentação nas costas dele, e foi descendo, e foi descendo, até que chegou tão perto da superfície do mar que as ondas molhavam seus pés.

— Está com medo? — perguntou o Vento Norte.

— Não tenho medo — ela respondeu.

Felizmente eles não estavam longe, e a força que restava ao Vento Norte bastou para levá-los até a praia, quase debaixo das janelas de um castelo que ficava a leste do sol e a oeste da lua.

O Vento Norte estava tão extenuado da viagem que teve que descansar por vários dias antes de encetar a viagem de volta para casa.

Na manhã seguinte a moça sentou-se defronte ao castelo, e ficou brincando com a maçã de ouro, e a primeira pessoa que viu foi a donzela nariguda a quem o príncipe estava prometido.

— Quanto você quer por esta maçã de ouro, menina?

— Não pode comprá-la nem com ouro nem com dinheiro — respondeu ela.

— O que a comprará, então?

— Bem, se você me deixar estar com o príncipe esta noite, eu a darei a você.

— Está bem.

A nariguda pegou a maçã, mas, à noite, deu um remédio para o príncipe. Quando a moça foi ao quarto, ele dormia profundamente, e de nada adiantou chamá-lo, chacoalhá-lo, porque ele não acordou.

Na manhã seguinte, a moça foi se sentar em frente ao castelo assim que clareou, e ficou penteando os cabelos com o pente de ouro. A nariguda apareceu e quis ter o pente a qualquer custo. A moça não quis vendê-lo, mas trocou-o pelo direito de passar a noite com o príncipe. A nariguda aceitou, mas de novo botou um remédio na bebida do príncipe, que dormiu profundamente e não ouviu os chamados da moça.

Quando o dia clareou, de novo foi se sentar a moça à frente do castelo, desta vez brincando com o cata-vento dourado. E mais uma vez passou a nariguda e quis o cata-vento. Repetiram a negociação e a moça foi autorizada a ir, à noite, para o quarto do príncipe.

Acontece que uma criada tinha acompanhado o sofrimento da moça e os soluços que soltava por não conseguir acordar o príncipe nas duas noites anteriores. Teve pena e contou ao príncipe o que vira. Naquela noite, quando a nariguda apareceu com a bebida para ele, o príncipe percebeu a tramoia e fingiu que tomava o remédio, mas jogou-o fora. Quando a moça apareceu, ele estava bem acordado. E ela contou como chegara até ali.

— Você chegou bem na hora — disse o príncipe. — Tenho que me casar amanhã, mas não quero me casar com a princesa do nariz de um palmo, e só você pode me salvar. Direi que quero ver o que a minha noiva pode fazer, e pedirei a ela que lave a camisa onde estão os três pingos de cera que você derramou em mim. Ela vai consentir em fazê-lo, porque não sabe que foi você que os derrubou. Mas por um mistério, só você, que derrubou a cera, pode tirá-la. Aí direi que somente a mulher que possa fazer isto será a minha noiva.

Alegraram-se ambos com o plano e ficaram a conversar a noite toda.

No dia seguinte, que era o dia do casamento, o príncipe disse para a rainha, mãe da princesa do nariz comprido:

— Quero ver o que minha noiva sabe fazer.

— Está bem — disse a rainha.

— Tenho uma camisa muito fina, mas três gotas de cera me impedem de usá-la, e prometi casar com nenhuma mulher que não fosse aquela que conseguisse retirar essa cera.

Houve uma pequena reunião, mãe e filha pensaram, mas resolveram que não havia problema no pedido e aceitaram. A princesa nariguda começou a lavar a camisa tão bem quanto pôde. Quanto mais lavava e esfregava, mais cresciam os pingos de cera.

— Ah! Não posso lavar isto!

— Dê isto aqui! — disse a rainha.

Mas ela também acabou fazendo os pingos de cera ficarem maiores, não importava quanto lavasse e esfregasse.

Aí vieram outras criaturas do palácio para ajudar a lavar, e nada. No final, a camisa estava tão suja e preta que parecia ter saído da chaminé.

Aí disse o príncipe:

— Vocês não sabem fazer nada! Tem uma moça sentada do lado de fora do castelo que aposto que pode fazer um serviço melhor que o de vocês!

Chamou a moça pela janela. Ela veio.

— Escute, pode lavar esta camisa para mim?

— Ó! Não sei... Mas vou tentar.

E bastou que enfiasse a camisa na água para ela sair limpinha, clara e luminosa como a luz do sol.

— É com você que vou me casar — disse o príncipe.

Então a rainha, a nariguda e todos os demais moradores do castelo, que eram duendes, ficaram com tanta raiva que explodiram.

O príncipe e a noiva libertaram todos os criados, que eram gente que havia sido escravizada pelos duendes, e levaram todo o ouro e a prata que puderam carregar. E nunca mais voltaram ao castelo que ficava a leste do sol e a oeste da lua.

Eros e psiquê*

Como boa história de fada, esta teria que começar assim: *Era uma vez*, como começam no mundo inteiro as histórias de príncipes e princesas. Pois então seja!

Era uma vez um rei que morava no palácio mais bonito do mundo. Tinha três filhas muito bonitas, mas a mais nova era o mimo dos deuses. Tão formosa, de uma beleza tão surpreendente que o povo começou a murmurar: "Esta deve ser Afrodite que desceu a terra". E alguns, mais afoitos, adiantavam: "Ela é muito mais bela que Afrodite". Com o que se enfureceu a deusa, não fosse ela, antes de deusa, uma mulher.

* História relatada por Apuleio, escritor latino, no século II d.C., no livro *O asno de ouro* (Tradução direta do latim por Ruth Guimarães). São Paulo: Cultrix, 1963/Ed. 34, 2020 — Livros IV, V e VI. *O asno de ouro* é o único romance latino da Antiguidade a sobreviver na íntegra até nossos dias.

— Como? — dizia Afrodite. — Eu, primeira alma da natureza, origem e germe de todos os elementos, eu que fecundo o Universo inteiro, devo partilhar com uma simples mortal as honras devidas à minha posição suprema!? Deverá o meu nome, que é consagrado no céu, ser profanado na terra? Terei eu de ver os meus altares descuidados por uma criatura destinada a morrer? Ah, esta que assim usurpa os meus direitos vai arrepender-se da sua insolente beleza!

E começou a imaginar um modo de castigar Psiquê, essa atrevida mortal que desafiava os habitantes do Olimpo. Assim perseguem os deuses aqueles que, por sua beleza ou seu talento, involuntariamente valem mais que o mortal comum.

Mas Afrodite não queria matar a jovenzinha. Não por bondade, mas porque a morte é rápida e apenas subtrai mais depressa a criatura dos males que afligem a humanidade. Deveria ser alguma coisa lenta e penosa, alguma cruel enfermidade do corpo ou da alma, que pungisse devagar e sempre, até que a vítima desesperada suplicasse por piedade a intervenção da morte libertadora.

Tinha razão de estar em sofrimento a deusa do amor. Pois não estavam seus templos vazios? Pois não realizavam os jovens do mundo inteiro grandes jornadas para irem apenas contemplar a bela rival, e ajoelharem-se humílimos a seus pés? A multidão oferecia-lhe coroas de flores, e o chão que ela pisava era continuamente juncado de pétalas.

Mal sabia a deusa invejosa que, por via das mesmas qualidades que endeusavam a moça, a vingança já se adiantava. Não se misturam amor humano e amor divino. Exatamente porque era tão formosa que lhes parecia deusa, os homens não concediam a Psiquê o amor singelo de criatura pra criatura, cheio de êxtases e de afagos, dádiva maior do destino, para suavizar os caminhos de pedra desta vida.

Se ficavam os homens de joelhos diante dela, se a olhavam completamente transportados de admiração e até de espanto, nenhum a queria como namorada. Nem lhes passava pela cabeça tratá-la como igual a toda a gente. As duas princesas mais velhas se casaram, tiveram a sua festa e o seu dia de Cinderela, enquanto ela, a triste, recebia coroas de flores e pétalas de rosa, insuficientes para lhe aquecerem o coração solitário.

E foi então que a ofendida Afrodite procurou o filho, Eros, o menino alado. E, patética, à maneira de todas as mães, clamou, desfiando as suas queixas:

— A mim, nutriz do Universo, reduziram-me à mísera condição de partilhar com essa mocinha as homenagens que me são devidas. Em nome do meu amor por ti, eu te conjuro a me vingares.

— Não te estou entendendo, mãe. Queres que mate a menina? Sabes que não é a minha área. Eu sou do amor, tu te esqueceste?

— Não. O que quero é muito pior que a morte. Toma o teu arco e a tua flecha e parte em busca da bela rebelde.

Fere-a no coração. Que ela se apaixone irremediavelmente, que seja possuída de amor ardente pelo mais vil de todos os homens, o derradeiro entre seus pares, o mais abjeto em sua classe, amaldiçoado pelos parentes, amigos e inimigos. Que não tenha nada de seu, nem patrimônio, nem terras, nem fortuna, nem reputação. Em suma, que, na terra inteira, nem entre mendigos se encontre miséria que à sua se compare.

Eros fez uma careta.

— Tudo isso apenas porque é mais formosa do que a deusa do Amor?

E, rindo, o velhaquete desferiu um longo voo e foi conhecer a abominada.

Enquanto isso, o velho rei, preocupado porque a filha caçula, embora benévola e grácil, não encontrava quem a quisesse, quis consultar o oráculo de Mileto, num dos mais florescentes santuários da Antiguidade. Recebeu esta resposta:

Sobre o rochedo escarpado, expõe a tua filha, para núpcias de morte. Não esperes para teu genro criatura de mortal estirpe, mas um monstro cruel e viperino, feroz e mau, que voa pelos ares. Esse monstro não poupa ninguém. Leva por toda parte o fogo e o ferro e faz tremerem todos os deuses e o próprio Zeus. Apavora até as águas do inferno, e inspira terror às trevas do Estige.

O rei voltou para o palácio com a alma alanceada. Foi decretado luto no país. Ouviram-se prantos e lamentos. A princezinha tão bonita ia morrer, devorada por um monstro. Tão linda!...

Mas o que era decreto dos deuses era decreto dos deuses. Silenciosamente, o país se preparou para as bodas nefastas.

Deuses e deusas do Olimpo, e todos os poetas, ajudai-me a narrar o que foi a marcha até o penhasco em que devia amarrar-se a jovem condenada a núpcias infames. Ninguém dizia nada mas todos choravam. A jovem subitamente consciente de que a inveja e o ciúme de Afrodite a matavam, tomou a frente do cortejo para o tálamo fatal e exortou os pais a terem coragem, dizendo-lhes:

— Enxugai vossas lágrimas inúteis! Este é para vós o preço da minha formosura. Quando os povos me prestavam honras divinas, quando me confundiam com Afrodite, então era preciso chorar. Então era preciso gemer. Então era preciso vestir luto, como se eu já tivesse morrido. Mas não. Vós vos comprazíeis vaidosamente em gozar dessa glória. Agora arrancais os cabelos? Tarde demais. Hoje eu vejo que foi Afrodite quem me perdeu, por inveja. Que a minha beleza me foi funesta. Levai-me, pois, para o rochedo que a sorte me destinou.

Atingiram a escarpa, no cume colocaram a moça. Para longe atiraram as tochas que haviam iluminado a caminhada, e depois todos a abandonaram.

Psiquê, apavorada, no alto rochedo, não parou de chorar e de tremer. O sopro do brando zéfiro agitou as suas vestes, caricioso. Soprou mais forte, ergueu a moça com um adejar suave e deslizou com ela, ao longo da escarpa, indo pousá-la gentilmente embaixo, no vale, num leito macio e perfumado de relva florida. Psiquê, languidamente estendida, serenou e por fim docemente adormeceu.

Depois de um longo sono, despertou animada e refeita. Pôs-se a caminhar por entre árvores frondosas, e então avistou o palácio, feito de esquisitos lavores e material nobre. Eram de ouro as colunas. O teto de marfim e cedro. As paredes revestidas de prata cinzelada. A pavimentação colorida brilhava toda tapizada de pedras preciosas. Seria o palácio de um deus — mãos humanas jamais poderiam conseguir tais esplendores. As paredes de blocos de ouro resplandeciam de tal modo que se o sol não brilhasse por algum tempo, elas se iluminariam a si próprias. Psiquê parou à porta, bateu e chamou. Tudo parecia silencioso e desabitado. Entrou. Foi tão absolutamente, tão maravilhosamente espantoso tudo que viu que perdeu o fôlego. Enquanto permanecia de boca aberta ouviu risos argentinos, mas não via ninguém. E então uma voz muito bonita, de mulher, indagou:

— Por que tanto espanto, senhora? Todas estas riquezas, os objetos de arte, o ouro, esta luz e estas belezas, tudo isto é seu. Tudo isto lhe pertence. Entre no quarto, repouse os seus membros fatigados. Quando quiser, peça um banho.

Nós, as vozes, somos suas escravas, executaremos todas as suas ordens. Quando acabarmos os cuidados com a sua gentil pessoa, senhora, um festim real lhe será oferecido.

Psiquê seguiu as instruções. Banhou-se e dormiu. Ao acordar, encontrou no salão a mesa posta, com vinhos semelhantes a néctar, e com iguarias esquisitas: línguas de rouxinol, pétalas de flores colhidas nas geleiras, ninhos de andorinha do mar, frutos coloridos vindos do outro lado do oceano. Vozes cantaram. Cítaras foram dedilhadas por dedos invisíveis. Depois um coral de vozes belíssimas modulou um concerto. Psiquê sentiu palpitar-lhe o coração. Que mulher não se sentiria rainha, ao ser incensada dessa maneira?

E foi assim que à noite, quando o misterioso ser penetrou no leito, encontrou uma virgenzinha assustada, mas palpitante e dócil, pronta para as primícias do amor.

As suas mãos podiam tocá-lo e podia senti-lo inteiramente. Era alto e flexível, de cabelos sedosos e de pele macia. Não era velho. Só um adolescente podia ser assim bem construído, rijo, de cabelos longos, de pele gostosa de se acariciar. E a voz era de veludo. E que coisas dizia esse monstro!

Talvez fosse muito feio. Escuro, manchado, malhado como os bichos, mas não coberto de pelos. Talvez fosse uma serpente ou um réptil, sem escamas. Ou um sapo que se transformasse em gente.

Psiquê se arrepiou, à lembrança dos delírios da noite, porém aninhou-se nos braços do seu monstro e com um suspiro feliz adormeceu. Quem diria que essas núpcias de morte iam dar nisso?

Quando despertou pela manhã, o leito estava deserto, mas as vozes solícitas tinham pronto o seu banho, os seus perfumes, as toalhas macias, a refeição matinal cheirosa. Psiquê começou a esperar ansiosamente a noite.

Entrementes, no escuro palácio dos pais de Psiquê, onde não se acenderam mais as luzes e onde não se cantava mais, reinava a desolação. As irmãs mais velhas, ao saber dos acontecimentos, decidiram ir à montanha para verificar por si o que tinha acontecido e se achariam restos do corpo meio devorado da irmãzinha.

— De que lhe serviu tanta beleza? — perguntavam elas, maldosas. — Só para ser dada como pasto às feras, ou a uma fera. Não é o que dizem por aqui? Não foi o que ficou claro no oráculo? Meu pai, nós vamos lá. Procuraremos descobrir o que aconteceu. Se pudermos, prestaremos as honras fúnebres à nossa desditosa irmã.

Deixando os pais mergulhados na grande dor sem remédio, subiram ao penhasco onde fora abandonada a princesinha.

Nessa noite, o monstro, com a presciência dos deuses, assim exortava a bem-amada:

— Psiquê, dulcíssima e querida esposa minha, a Fortuna, no seu rigor, te ameaça com um perigo mortal. Tuas irmãs chegaram ao rochedo onde estiveste. Se ouvires os seus lamentos, não respondas, olha para o outro lado. Vela e esconde-te cuidadosamente. Afasta-te delas. Se não o fizeres, tu me causarás uma grande dor, e trarás a ti própria o pior dos males.

Quando amanheceu e ficou sozinha, Psiquê se pôs a chorar desconsoladamente. Que amor era esse do monstro que a prendia como a pior das criminosas? Não via ninguém. O palácio era bonito, sim, mas vazio. Falar com gente invisível parecia loucura. E essa criatura que ela nunca viu? Estar junto e estar sozinha dava no mesmo. Isso não era vida. E agora as próprias irmãs aflitas, os pais se acabando de tanto chorar, ela calada, prisioneira, sem poder fazer coisa alguma. Tiraram-lhe todos os contatos com os seres humanos.

Psiquê não tomou banho, não se perfumou, não penteou os lindos cabelos, não vestiu roupas bonitas. Arrumar-se para quê? Para quem? Para as vozes? Armou-se a lauta mesa e ela não quis comer. Apenas chorou abundantemente.

O monstro suspirou pesaroso e cedeu.

— Está bem, querida. Vai e faze o que queres. Satisfaz para desgraça tua as exigências do teu humano coração. Lembra-te das minhas advertências de hoje, quando, tarde demais, te arrependeres.

Deu-lhe a permissão desejada de ver as irmãs, de trazê-las para o palácio, por meio de ordens ao vento brando e que lhes fizesse presente de quanto ouro e quantos colares de pedras preciosas quisessem. Tudo isso com uma ressalva:

— Não procures, querida, nunca, saber como eu sou. Mesmo que tuas irmãs te aconselhem a fazê-lo, não o faças. Tua curiosidade sacrílega te traria infelicidade e perdição, e te privaria de mim para todo o sempre.

— Isso não. Antes morrer mil vezes que ficar sem teu amor. Eu te amo ardentemente, mesmo que sejas o feio bicharoco como me parece que és. — Posso mandar o Zéfiro trazer minhas irmãs?

— Pode — disse ele.

Entrementes, tinham as irmãs atingido o topo do penhasco e choravam e batiam no peito. E como chamassem por seu nome, Psiquê saiu do palácio, e perdida e trêmula lhes gritou:

— Por que vos acabais sem motivo, com tantos lamentos dilacerantes? Eu estou aqui. Estou bem aqui!

Chamou o vento Zéfiro, que, dócil ao mando, soergueu as princesas serenamente e as conduziu ao seu destino. Ei-las agora que se beijam e se abraçam, saboreando a doçura do encontro.

Entraram. Psiquê fê-las ouvirem as vozes do povo invisível que a servia. Ofereceu-lhes o banho perfumado para se restaurarem. Depois do banho vieram os refinamentos do serviço de mesa feito para imortais. Boquiabertas ficaram as irmãs, com essa profusão de riquezas, esse luxo. Mordeu-lhes o coração negro o dente envenenado da inveja.

— Com que se parece teu marido? Ouvimos dizer que serias entregue a um monstro...

— Ora, ora! Não vos deixeis levar pelas más línguas. Ele é um belo moço. Uma penugem de barba sombreia-lhe há pouco tempo as faces.

— Pensávamos num velho. Como conseguiu em tão pouco tempo essa riqueza?

— O pai...

— Ah! sim, o pai. E ele, o que faz? Onde está?

— Ocupa-se frequentemente em caçar nos campos e nas montanhas.

— Como se chama esse teu marido?

— Eu o chamo com todos os nomes que a ternura inventa, quando se é recém-casada. Para mim é meu queridinho, doçura da minha alma.

Depois, temendo o alongamento da conversa e que deixasse escapar por inadvertência o que não convinha dizer, chamou o Zéfiro, juntou os presentes das irmãs, despediu-se atabalhoadamente das duas, e deu as ordens para que o vento as reconduzisse, o que foi feito imediatamente.

Chegando ao palácio do pai, dirigiram-se as duas para aposento reservado, numa ala dos fundos, e daí desabafaram.

— Por que filhas do mesmo pai e da mesma mãe têm sortes tão diferentes? Iníqua Fortuna, cega e injusta. Nós, as filhas mais velhas, fomos entregues a maridos estrangeiros, para sermos escravas.

— Sim, é isso. Tu viste nossa irmã. Quantas joias preciosas, jogadas pela casa! E sedas e pedrarias, sem falar nesse ouro sobre o qual se pisa. Se o marido de que fala é tão belo quanto ela pretende, não haverá no mundo inteiro mortal tão feliz. Casada com um deus, tem vozes por escravas e manda no vento. E é tão estúpida que nem dá valor ao que tem.

— Pobre de mim — comentou uma delas. — A sorte me deu um marido mais velho do que meu pai, mais careca do que uma abóbora, um anão mais miúdo do que um menino. E pão-duro. Esconde, tranca. Na minha casa tudo são correntes e fechaduras.

E a outra secundou:

— E o meu, então?! Torcido e encarangado de reumatismo, e por esse motivo incapacitado para amar, eis o marido que eu aguento. Seus dedos são deformados e endurecidos como pedras. Tenho que friccionar costas e articulações. Lido com um material repugnante: compressas, panos, cataplasmas. Não sou uma esposa; meu ofício é de enfermeira. Com tudo isso ainda tenho que aguentar os ares superiores da nossa irmã sortuda. Viu, mana? Que insolente estadear de riquezas, que ostentação! que arrogância! Atirou-nos umas migalhas e, depois, enfadada com a nossa presença, mandou que o vento nos varresse, isto é, nos soprasse.

E por aí foram as duas invejosas. Acabaram consertando um plano. Esconderam os presentes, arrancaram os cabelos e arranharam as faces e, chorando, procuraram os pais aos quais desenganaram de vez, afirmando-lhes que nunca mais veriam aquela filha levada pelo monstro.

— E lá voltaremos nós qualquer dia destes ao palácio da bruxa, para precipitá-la da sua desaforada abundância.

Enquanto sucedia isso, o marido advertia:

— Não vês quanto perigo te ameaça. A Fortuna te move de longe uma bateria de guerrilhas. Se não te mantiveres vigilante, ela te atacará num corpo a corpo. As tuas pérfidas irmãs vão te apanhar numa armadilha. Elas te persuadirão a contemplares meu rosto. E se isto acontecer, nunca mais me verás.

— Por quê? — suspirou Psiquê, desconsolada. — Quem tem mais direito de te conhecer que eu?

— Vês? Tu mesmo conspira contra ti.

— Mas por que tanto segredo?

— Se futuramente vierem aqui aquelas bruxas, como sei que virão, recusa-te a conversar com elas. Fazer-te conhecer meu rosto é tudo quanto querem. Mas se o virem uma vez, nunca mais o verás. Sei que tuas irmãs já estão vindo para cá. Sei que a tua candura natural, a tua ingenuidade, o teu terno coração não permitirão que te recuses a falar-lhes. E quanto a mim, tu sabes que eu nada te recuso. Mas se elas te falarem de mim, não escutes nada, não respondas. Demais, nossa família se acrescenta. Vive já o nosso filho no teu seio. Divino será o teu filho se calares e se conservares com muito zelo o nosso segredo. Será mortal, se o profanares.

Iam-se passando o tempo e Psiquê contava os dias que se somavam e os meses que fugiam. Tonta de felicidade habitava somente o seu sonho. Entrementes, as Fúrias, isto é, suas irmãs abomináveis, vieram de novo para vê-la. E assim começaram as idas e vindas frequentes entre o esplendoroso palácio e os reinos das duas irmãs mal-intencionadas. A conversa das duas era sutil e maliciosa.

— Como disseste mesmo que se chama teu esposo?

— Eu não disse — afirmava Psiquê, assustada.

— Como disseste que ele se apresenta? Como um adolescente?

— Ó! não — disse ela esquecida do que dissera antes. — É antes um homem na força da idade, belo, forte, sensato, viril. Sai para o seu trabalho e o vejo somente à noite.

De que família provinha? Ah! Não tinha família na região? De onde tinha vindo? Grandes negócios? Que roupas veste? Nas cores que costumamos usar? De que cor são seus olhos? E a voz, quando te fala?

— Ah! A voz — disse Psiquê sonhadora. — É veludo e mel. Tão bonita, tão macia, tão acariciante!...

— Pobre criança! — disseram as irmãs fingindo compaixão. — A verdade é que não sabes quem é nem como é o teu marido. Adolescente, homem de meia-idade, um moço forte. O fato é que os cultivadores de trigo que lavram as terras deste lado da montanha têm visto entrar neste palácio uma serpente horrível, venenosa, de goela hiante e profunda. Eis o que repousa todas as noites ao teu lado. Eis o teu adolescente de pele macia. Lembras-te do oráculo? Que dizia ele? Que uma besta monstruosa seria o teu esposo.

Psiquê pôs-se a chorar, a soluçar, e, abraçada às irmãs, despejou tudo. Não, não conhecia o esposo. Ouvia apenas a sua voz. Sentia o calor do teu corpo. Vivia sempre sozinha. Naquela solidão ouvia somente vozes. O esposo a tinha proibido de ver e de dar atenção às irmãs. Não fossem elas levá-la a conhecer esse que a visitava.

— Pois ele está te engordando com esses pitéus. Vai te comer! — vociferavam as megeras.

— Ai de mim! Se não fosse por vocês, eu seria logo devorada e comigo o filho que trago no ventre.

Psiquê aceitou das irmãs a lâmpada de óleo, a lâmina afiada, levou-as para o quarto, gemendo e chorando, mas disposta a cravar a faca no coração do monstro que agora odiava.

As víboras não esperaram para ver. Saíram correndo, chamaram o vento e lá se foram para os seus pagos, a aguardar os resultados da insídia.

Agitada pelo desgosto, Psiquê era um mar de águas em turbilhão.

À noite, achou forças para ser gentil e amorosa, desviando astutamente qualquer suspeita. Quando ele fatigado adormeceu, ela acendeu a mecha, ergueu a lâmpada bem alto e olhou atentamente para aquela criatura dormindo a sono solto em sua cama.

E, ó, céus! Ó, noites azuis e doces auroras! Ó! deuses! O que me é dado contemplar neste momento! Este é Eros, o próprio deus do Amor. Ali está o carcaz com as flechas. E tem asas de plumas cintilantes. E a macia cabeleira com que enxugou as minhas lágrimas de saudade.

Trêmula, tonta, extasiada, não conseguiu equilibrar bem a lâmpada e uma gota de óleo fervente caiu no ombro do mancebo, acordando-o. Num olhar, Eros apanhou o significado da cena inteira.

— Ah! ingrata, que me traíste! Eu te confesso, Psiquê singela, que apenas te escondia da vingança de minha mãe. Ela te queria cativa de paixão por um monstro, o mais abjeto e mais horrível que fosse possível encontrar. E eu desobedeci a minha poderosa e mal-intencionada mãe, porque foi uma coisa só o ver-te e amar-te, minha dileta pombinha branca, minha tolinha inocente. Eu me piquei com as minhas próprias flechas, mas não podia dizer isto a minha mãe. Afrodite, ferida em sua vaidade, tinha que ser obedecida. Eu agi levianamente. O ilustre sagitário ferido com suas próprias flechas.

— Fica comigo, eu te peço.

— Nunca. Tenho que ser firme, agora. Trata-se da tua vida. Não te posso expor à fúria de minha mãe. A minha fuga será a tua única punição. Mas aquelas tuas irmãs vão ver...

E, dizendo estas palavras, desapareceu num voo rápido. Psiquê, prostrada por terra, seguia com o olhar, quanto podia, o voo do amado, atormentando-se com lamentos. Quando não mais pôde segui-lo com o olhar, foi se atirar nas águas revoltas do rio mais próximo. Mas o rio, que certamente sabia o que lhe convinha, envolveu-a num redemoinho e foi depositá-la sã e salva numa das margens, sobre a relva florida. Psiquê primeiro desesperou-se, mas depois cerrou os dentes e partiu para a vingança. Agora ela sabia o que queria.

Foi até a casa de uma das irmãs, na cidade onde o marido dela reinava. E assim discorreu:

— Lembra-te que tu e a nossa irmã me aconselhastes a matar o monstro que passava comigo as noites? Aceitei o conselho imaginando deparar com um monstro horripilante. Mas quando a lâmpada cúmplice me mostrou seu vulto, deparei com um espetáculo verdadeiramente divino. Era o próprio filho de Afrodite, Eros em pessoa, que ali repousava num sono sereno. Fui tomada de uma perturbação tão deliciosa, e de tal excesso de volúpia, que as minhas mãos tremeram, e, desgraçadamente, a lâmpada espirrou nas espáduas do deus uma gota fervente de óleo. A dor da queimadura arrancou-o do sono bruscamente. Ah! irmã, ele me viu armada com o ferro e a flama, e compreendeu tudo.

— E aí?

— Ele se foi, mas antes de partir gritou-me que como castigo de um crime abominável nunca mais queria me ver. E que ia se casar contigo.

A celerada, mal ouviu essas palavras, inventou um pretexto, e saiu porta afora, ligeira, sob o aguilhão da paixão libidinosa. Foi diretamente ao rochedo, e, se bem que soprasse outro vento, gritou:

— Recebe, ó! Eros, uma esposa digna de ti! E tu, Zéfiro, vem servir tua senhora!

Deu um grande salto no vazio. Mas nem morta pôde chegar aonde queria. Rolando e se despedaçando pelas pedras do penhasco, foi deixando o corpo retalhado nas saliências da escarpa e serviu de pasto às aves de rapina e às feras.

Psiquê usou da mesma artimanha com a outra irmã, que morreu da mesma morte. E saiu a palmilhar o mundo, em busca do amado.

Enquanto essas coisas ocorriam, Eros jazia enfermo, com dores horríveis da queimadura. Afrodite, no fundo do mar, se comprazia no salso elemento, feliz, sem nenhum pensamento para o restante do mundo. E o Universo inteiro gemia por falta de Amor.

Uma gaivota de plumagem branca aflorou as ondas marinhas, em voo rasante, e mergulhou nas profundezas do oceano, onde brincava Afrodite.

— Estamos abandonados, em todo o Universo. Tu mergulhaste no mar, sem pensar no que deves. Teu filho está queimado, com um ferimento gravíssimo, depois de ter passado uma temporada de amores com uma criatura das montanhas. Desde que deixastes de ser dispensadores do Amor, adeus, graça, adeus, volúpia, adeus, alegria. Por toda parte reinam a grosseria inculta, o desmazelo. Não mais uniões de doces conúbios, nem laços de amizade, nem a afeição dos filhos, mas por tudo o abjeto desregramento, o tédio e a sordície nas ligações.

— Com que então o meu filho já tem uma amiga? — exclamou Afrodite, indiferente às maledicências sobre a sua família. — Como se chama essa que desencaminhou o meu rapaz ingênuo e ainda inocente? É do povo das Ninfas, do número das Horas, ou pertence ao coro das Graças, minhas servas?

— Não sei, senhora — disse a gaivota, indiscreta e tagarela. — Creio que é chamada Psiquê essa por quem o teu filho está perdidamente apaixonado.

— O quê? — clamou Afrodite, transtornada. — Ela! A minha rival em beleza?! O velhaquete do meu filho me tomou como uma alcoviteira. Pensava que o conduzi até ela para que o tomasse como esposo?

Voou para casa, e ali chegando encontrou o filho enfermo. Indiferente aos seus sofrimentos, foi vociferando:

— Bonita conduta, digna da nossa raça! Desdenhaste as ordens de tua mãe e soberana. Em lugar de infligir à minha inimiga os tormentos de um amor ignóbil, tu mesmo te uniste a ela com laços precoces e me impuseste como nora a minha rival. Libertino, corruptor! Tu foste malcriado desde pequeno. Não cultivas o costume de atormentar meu coração, de fornecer meninas para os serôdios amores de teu padrasto? Mas eu farei com que te arrependas dessas brincadeiras e sintas o ácido e o amargo dessas núpcias.

Hera e Deméter, chegando nesse momento, tentaram acalmar a ira da ofendida deusa do Amor.

— Que crime cometeu o teu filho, para que diligencies com gana e crueldade a perda daquela que ele ama? Será tão grande crime gostar de se divertir com uma bonita moça? A que deus, a que mortal podes convencer que expandes o desejo entre todas as criaturas, quando na tua própria casa impõe aos amores um amargo constrangimento e fechas para teu filho a porta aberta do pecado de amar?

Afrodite, indignada, voltou-lhes as costas e com passos rápidos tomou o caminho do oceano.

Errava Psiquê, de alma inquieta, prosseguindo em indagações em busca do marido fugitivo. Foi dar certo dia num monte escarpado, em cujo cimo havia um templo, e perguntou a si mesma: "Quem sabe não é ali que habita o meu senhor?". Para lá se dirigiu rapidamente, estimulada por suas esperanças e seus desejos. No alto, ela se aproximou do altar da divindade. Viu espigas de trigo e de cevada. Havia ferramentas agrícolas, segadeira, pá, forcado, tudo jogado por todo o terreno, com tal incúria que a capela parecia abandonada. O chão estava sujo, o mato brotando pelas frinchas e invadindo tudo. Psiquê guardou cada ferramenta em seu lugar com o maior cuidado, limpou, varreu, adornou com flores o altar, no que foi surpreendida pela deusa nutriz:

— Que fazes, minha pobre menina? No mundo inteiro Afrodite procura um vestígio teu, te reclama para o extremo suplício e prepara vingança, usando o divino poder! E tu, no entanto, zelas pela minha casa com solicitude.

Psiquê ajoelhou-se com lágrimas ao pé da divindade, e orou fervorosamente, assim:

— Pela tua mão direita que dispensa os frutos da terra, eu te conjuro! Pela fertilidade das messes, eu te conjuro! Pelo segredo inviolável dos cestos, eu te conjuro! Pela carruagem sagrada dos dragões, teus escravos, eu te conjuro! Pelo sulco das glebas, eu te conjuro! Pelo rapto e pela terra guardiã avara, eu te conjuro! Pela descida de Prosérpina para as núpcias tenebrosas, eu te conjuro! Pela volta de tua filha reencontrada, eu te conjuro! Por tudo que cobre de um véu de silêncio o santuário de Elêusis ática, eu te conjuro! Atende a súplica da mísera Psiquê! Consente que eu me esconda entre as espigas por alguns dias. O bastante até abrandar a fúria de Afrodite. O tempo de eu me refazer das forças esgotadas por uma longa peregrinação.

Deméter recusou:

— Tuas lágrimas me comovem. Mas Afrodite é minha parenta. Sai depressa desta casa, e dá-te por feliz porque eu não te faço minha prisioneira para entregar-te a quem de direito.

Psiquê saiu às tontas, de puro desalento. Vagueou pelo bosque, sem rumo e sem guarida. Por fim, encontrou outro templo, esse bem cuidado, construído com arte sábia. Havia oferendas preciosas suspensas dos portais. Tecidos onde se liam em letras de ouro agradecimentos por uma graça. A moça leu o nome da divindade e orou:

— Hera, esposa e irmã do grande Zeus, tu que habitas o Olimpo, tu que frequentas as casas felizes de Alta Cartago, a cidade que te honra sob o aspecto de uma virgem percorrendo os céus, levada por um leão, rainha de todos os deuses e de todas as deusas, sê para mim, em minha extrema desgraça, Hera Auxiliadora.

Hera lhe apareceu em toda a majestade do seu poder.

— Bem que eu queria acolher o teu pedido, mas a honra não me permite ir contra a vontade da minha nora Afrodite, que eu sempre estimarei como filha.

Acabrunhada por esse novo desastre, Psiquê renunciou a toda e qualquer esperança de salvação. Resolveu entregar-se a Afrodite, sua soberana e senhora. Enfrentando a possibilidade de uma perda certa, encaminhou-se corajosamente para a casa da deusa. Entrou na mansão senhorial da deusa e foi recebida pela serva chamada Consuetude, que correu para ela, gritando:

— Então, escrava abominável! Acabaste compreendendo que tens uma senhora? Caíste justamente nas minhas mãos e estás prisioneira do próprio inferno.

Arrastando-a pelos cabelos, brutalmente, levou-a consigo. A moça não lhe opunha a mínima resistência. Vendo-a assim arrastada, Afrodite deu uma grande gargalhada, como fazem as pessoas iradas.

— Afinal te dignaste a visitar tua sogra. Ou vieste pelo marido no qual fizeste uma ferida que lhe põe a vida em perigo? Eu te receberei como deve ser recebida uma boa nora.

Voltou-se para uma serva e perguntou:

— Onde estão a Inquietação e a Tristeza?

Assim que entraram, Afrodite lhes entregou Psiquê, para que a afligissem, e elas obedeceram, magoando com muitos tormentos a pobre menina. Quando a devolveram à soberana, esta riu de novo maldosamente.

— Não penses, menina, que esse ventre estufado me comove. Sou muito moça pra ser avó. Teu casamento, contraído no campo, às escondidas, sem testemunhas idôneas, sem o consentimento dos pais, não pode ser legítimo. Esse que vem por aí será um filho das servas, isso se deixarmos que nasça.

Assim disse e, caindo sobre a moça indefesa, despedaçou-lhe as vestes, arrancou-lhe os cabelos, bateu-lhe na cabeça. Depois chamou as pombinhas de seu séquito, mandou que lhe trouxessem montanhas de trigo, de cevada, de milho, de papoula, de ervilha, de lentilha e de fava, fez com que misturassem tudo, e ordenou à moça apavorada:

— Separa todas essas sementes. Faze a triagem dos grãos e arranja-os em ordem. À tarde virei verificar se o trabalho está feito e a contento.

Psiquê sentou-se a um canto sobre a relva e começou a chorar. Então a formiga, o humilde inseto cortador dos campos, teve compaixão vendo tanta crueldade. Reuniram-se todas as formigas, à convocação:

— Piedade, ágeis filhas da terra. Piedade para uma pobre menina esposa do Amor.

Vaga sobre vaga, cada qual mais numerosa e cheia de rumor que outra, desfilou o povinho de seis patas. As diligentes formigas separaram por espécies as sementes, repartiram, gruparam, arranjaram, em seguida. Mal anoiteceu, reapareceu Afrodite, perfumada, coroada de grinaldas de rosas. Quando viu o trabalho pronto, caiu das nuvens.

— Não foste tu, velhaca! Foi aquele que te ama, por tua desgraça e pela sua.

Atirou à moça um pedaço de pão grosseiro, endurecido, e se foi.

Eros, queimando de febre, gemia, no fundo da cama. Psiquê, em seu cubículo, cansada, com frio e com fome, atirada ao chão, sem alegria e sem esperança, gemia, pensando em morrer. Sob o mesmo teto, sem saber um do outro, os dois que se amavam passaram uma noite desesperada.

Antes que a Aurora abrisse a cortina do dia com seus dedos de rosa, Afrodite chamou Psiquê e lhe disse:

— Vês este bosque, junto ao rio? Vês a planície alcatifada de verde-relva onde pastam os rebanhos? São ovelhas de tosão de ouro, que vivem ali sem pastor. Procura um floco desse tosão precioso e traz. São as minhas ordens.

Psiquê pôs-se a caminho, não em verdade para executar a ordem recebida. Ela nem queria saber o que se escondia sob a ordem traiçoeira. Ia a caminho do rio para se atirar em suas águas. Quando ia se jogando no meio da corrente, um caniço verde e fino sussurrou um conselho:

— Por muito atormentada que estejas, minha menina, evita poluir com morte indigna as minhas águas sagradas. Vou te falar dessas ovelhas. Escuta! Quando o sol está como agora, ardente, elas mordem com fúria, destruindo tudo, parece que uma raiva temerosa galvaniza esses animais, por tradição tão mansos. Com seus cornos elas atacam qualquer ser humano que delas se aproxima. Atacam para matar. Dão cabeçadas duríssimas com as suas testas de pedra. Também atacam às mordidas. Mas, uma vez diminuído o ardume do sol do meio-dia, o rebanho repousa nas margens frescas. Então tu desces pela planície devagar, procura aqui e ali. Verás nas frondes, nos arbustos, em algumas vergônteas, onde elas esbarraram, tufos dourados do velo de ouro. Não te custará juntar um bom punhado para levar à tua inefável sogra.

    Eis Psiquê com a tarefa cumprida, os flocos brilhantes do tosão de ouro entre as mãos, e a funda desesperança nos olhos. Afrodite atendeu-a aos gritos:

    — Foi ele! Eu não me engano. Eu sei quem foi o autor dessa astúcia. Mas saberei averiguar se tua alma é realmente corajosa, e se és prudente quanto baste para me agradar. Vês tu o cume desta montanha de altíssimas escarpas? Bem no alto se encontra uma fonte. Nascida em uma grota sombria, dá origem ao negro curso d'água que, recolhido em bacia escavada no vale vizinho, forma os pantanais do Estige. Escuta bem! Quero que subas ao alto cume, na origem do rio, que apanhes um pouco das águas escuras e me tragas sem demora nesta pequena ânfora. Ou morrerás, minha pequena aventureira.

    Psiquê partiu sem demora, com pressa de terminar a tarefa, ou talvez com pressa de morrer durante os trabalhos e acabar com a vida dolorosa, de uma vez para sempre. Mal começou a subida, compreendeu a dificuldade insuperável do empreendimento. Ela nunca chegaria ao pico. O rochedo era alto e liso, íngreme, inacessível. As próprias entranhas da terra vomitavam água grossa e repugnante. À direita e esquerda das cavidades na rocha, arrastavam-se sobre o ventre dragões soltando fogo pelas ventas e cujos olhos jamais se fechavam, obrigados a uma eterna vigilância. As águas negras, dotadas de voz, clamavam incessantemente:

— Afasta-te! Que fazes? Foge! Morrerás!

Ao deparar com todas essas coisas, Psiquê ficou sem movimento, sem cor, agarrada à ânfora, literalmente esmagada pelo peso da formidável tarefa.

Há uma salvação para os inocentes. As penas da alma insonte não escaparam aos olhos graves da Providência. Apareceu, de repente, de asas estendidas, a ave real de Zeus, a águia rapace. Era velha a amizade entre a ave e Eros. Em memória dos antigos tempos, quis a ave ajudar a esposa de Eros, envolvida em trabalhos mortais. Abandonou os caminhos cintilantes do céu e voou para onde estava a moça:

— Criança! Com que então esperas furtar algumas gotas da água dessa fonte? Os próprios deuses, sem excetuar Zeus, temem as águas estígias, terríveis e sagradas. Dá-me essa ânfora!

Apanhou a vasilha, rodeou-a com as garras, balançou a massa oscilante das asas. Por toda a extensão da escarpa lançavam-se para a frente os dragões de maxilares cruéis, eriçados de dentes e as línguas tríplices agitando labaredas.

— A serviço de Afrodite! A serviço de Afrodite! — piou a ave, chegando ao cimo.

Recolheram-se os dragões, calaram-se as águas, afastaram-se os obstáculos. A águia encheu a pequena ânfora e a entregou a Psiquê, agradecida.

Quem não teve agradecimentos para tamanha trabalheira infernal bem-sucedida foi a deusa. Recebeu a nora com um riso infernal.

— Tu me pareces uma feiticeira, para teres cumprido ordens como as minhas. Mas há ainda um serviço que me deverás prestar. Desce aos infernos, passa entre os penates e apresente a Prosérpina este cofre, dizendo-lhe: "Afrodite te pede que lhe concedas um pouco da tua formosura, apenas a ração de um dia. A que ela possuía, gastou-a para cuidar do filho enfermo". Não voltes tarde demais. Preciso untar-me para ir a um espetáculo no teatro dos deuses.

— Tinha razão teu filho de temer-te! — gritou Psiquê. — Não atacas abertamente; és insidiosa e covarde. Tudo que fizeste foi me encaminhar para a morte, com um pretexto ou outro, livrando-te de acusações. Mas agora tu me lanças abertamente, sem disfarces, para o nada final. Pois não estás me mandando que eu vá com os meus próprios pés, diretamente para o Tártaro?

Ela saiu disposta a acabar com a farsa e lançar no rosto da deusa traidora a sua morte. Sem hesitar, dirigiu-se a uma torre alta, para se atirar de lá. Seria o caminho mais curto para ir ao inferno. Qual não foi a sua surpresa quando a torre subitamente começou a falar:

— Por que procurar a tua destruição, menina boba? Para que desistires de tudo neste último trabalho? Não tens tido tanta ajuda, e não tens atravessado incólume lugares horríveis, conseguindo realizar trabalhos tão difíceis que até Afrodite pensa que o filho dela te auxilia? Mas ele continua no fundo da cama, sem saber de nada. Se levas avante a tua busca e se prosseguires lutando, vais ao inferno e voltas, como outros já voltaram. Se desistes, se te matas, nunca mais voltarás, embora vás ao inferno de qualquer maneira.

— A fala te foi concedida para me ajudares?

— Digamos que é assim.

— Pois fala que eu te escuto.

— A Lacedemônia, cidade ilustre da Acaia, está situada não longe daqui. É por ali que se abre uma entrada para o inferno. Logo que franqueares a soleira, segue por ela e irás dar ao palácio do rei. Mas não vás andar de mãos vazias, pela escuridão. Segura em cada uma delas um bolo de farinha de cevada, amassado com vinho e mel. E leva na boca duas moedas. Quando já tiveres caminhado um bom pedaço, pela estrada que conduz à região dos mortos, encontrarás um burro capenga carregado de lenha sendo levado pela arreata por um burriqueiro capenga. Ele te pedirás que apanhes alguma lenha despencada de sua carga. Não lhe dês resposta. Passa adiante. Logo chegarás ao rio do Esquecimento, com seu barqueiro Caronte. Ele exigirá primeiramente que lhe dês a espórtula de passagem. É com esta condição que na sua barca de couro ele transporta os viandantes para a outra margem. Vê, pois, que mesmo entre os deuses impera a ganância e um Caronte, preposto do rei, não faz nada de graça. A esse velho esquálido darás uma das moedas que estarás levando entre os lábios. Mas não a dês tu mesma. Que ele a tire dos teus lábios com suas mãos. Durante a travessia, depois que pagares a passagem, verás um ancião morto, dentro d'água, que levantará para ti as mãos e que suplicará que o leves contigo. Não te deixes comover. A piedade te é proibida. Quando tiveres atravessado o rio e caminhado um pouco, encontrarás as velhas tecedeiras. Elas te pedirão que as ajudes, mas nem penses nisso. Trata-se apenas de uma armadilha de Afrodite, para que largues um dos bolos de farinha. Se isso acontecer, acabou-se para ti a luz do dia. Um cão gigantesco, de três cabeças, monstruoso e formidável, mantém-se na soleira do sombrio átrio infernal. Joga-lhe um dos bolos e ele amansará. Passando por ele, penetrarás na casa de Prosérpina. Ela te receberá com bondade. Vai te convidar a sentar numa poltrona macia, e te oferecerá iguarias e manjares. Mas tu, ouve bem, senta-te no chão e aceita para comer só o pão negro, de farinha grosseira. Na volta, apazigua o cão com o bolo de farinha que restou. Paga o avaro barqueiro com a outra moeda.

E assim se fez. Encontrando Prosérpina, expôs a sua missão. Em segredo, encheram a caixinha, fecharam-na e Psiquê a recebeu. Com o auxílio do segundo bolo ela silenciou a besta que latia. Deu ao barqueiro o dinheiro da portagem de volta. Com passo bem mais ligeiro que na ida, deixou o inferno.

Aflorando os caminhos do mundo iluminado de sol, livre já dos perigos a que se expusera, apesar da pressa que tinha em procurar Afrodite, de repente uma curiosidade a acometeu.

— Tenho que saber para que serve essa dádiva de Prosérpina. — E, logo depois, mais temerária, questionava: — Então sou tão boba que vá levar a beleza divina para a deusa, sem tirar nem um pouquinho pra mim, depois de tudo quanto passei para obtê-la? Ah! Tirarei um pouquinho desse dom para mim, ninguém notará, e eu terei com que agradar o meu formoso amante.

E assim murmurando, abriu a caixa.

Mas naquele cofre não havia nada. Nada a não ser um sono infernal, um verdadeiro sono do Estige, que, libertado de sua prisão a envolveu completamente, infundindo-lhe uma espessa letargia. Ei-la estendida no chão, jacente, imóvel, mais morta do que viva, presa inerme dos seus inimigos que a queriam destruída.

Mas ainda desta vez, quando tudo parecia perdido, a Providência voltou a ampará-la.

Eros, cujo ferimento já estava cicatrizando, convalescia. Voltavam-lhe as forças com o repouso forçado. E, nesse dia, com as asas já revigoradas, escapou pela alta janela da torre onde o tinham encerrado. Voando rapidamente, em torno do castelo, deu com a formosa Psiquê desmaiada.

Afastou dela com cuidado o sono letárgico, fechou-o de novo dentro da caixa, no lugar onde estivera. Depois, despertando a bela adormecida, ralhou com ela docemente.

— Desgraçada criança, és a vítima uma vez mais da curiosidade que já te perdeu. Agora vai. Termina a tarefa de que te incumbiu a minha mãe. O resto é comigo.

Grandes atividades despendeu o menino alado. Voou primeiramente até o Olimpo, onde se avistou com o pai dos deuses, advogando em causa própria e pedindo a solução do seu intrincado caso de amor.

Zeus clamou:

— Senhor dispensador de amores. Tu nunca me dispensaste as honras a que tenho direito. Este peito, onde se dispõem as leis dos elementos e dos movimentos dos astros, tu feres continuamente com teus golpes, e me infliges sem nenhum respeito a vergonha de fraquezas e aventuras terrenas. Com o desprezo das leis e da moral pública, tu comprometes nas torpezas do adultério minha honra e minha reputação, dando aos meus traços augustos formas aviltantes: de um animal selvagem, de uma ave, de qualquer fera.

Mas, repentinamente, pôs-se a rir.

— Não me importo. Farei o que me pedes. Sem ti o Olimpo seria uma devastação. A tua mãe... a minha esposa... Bah! Mulheres!

Deu, então, ordem ao mensageiro Hermes de convocar depressa todos os deuses em assembleia, e assim começou a sessão:

— Deusas e deuses, aqui está um adolescente que a todos vós tem dispensado as bênçãos do Amor, os delírios da paixão, o êxtase. Mas esse adolescente é desabusado. Por si mesmo tem se envolvido em tolices de toda espécie. Agora é preciso pôr um freio em seus ardores. Primeiro, vamos tirar-lhe as ocasiões. Segundo, devemos encadeá-lo com os laços do casamento, para vermos se lhe chega o juízo, o que é bom para ele e muito melhor para nós, os deuses circunspectos. Ele escolheu uma moça e tirou-lhe a virgindade. Que a conserve. Que a guarde para si e que possa fruir para sempre do seu amor.

Depois, voltando-se para Afrodite, acrescentou:

— E tu, minha filha, que esse conúbio com uma mortal não te entristeça nem te inspire temor pelo arranhão na prosápia da tua ilustre casa. Farei com que esse casamento não seja desigual, mas legítimo e em conformidade com o direito dos deuses. Hermes, procura Psiquê, por favor, e traze-a contigo a esta assembleia!

Quando ela chegou, o pai dos deuses tinha nas mãos a taça de ambrosia.

— Toma, Psiquê! E sê imortal. Jamais Eros se desembaraçará dos laços que o unem a ti. As vossas núpcias são perpétuas.*

Foi servido um opíparo banquete nupcial. No trono de honra acomodou-se Eros com Psiquê nos braços. Vinha

* A sabedoria dos gregos fez com que Eros (Amor) se juntasse a Psiquê (Alma). Assim, um não pode viver sem o outro.

depois Zeus com sua Hera; e todos os deuses, por ordem de importância. As graças espargiam perfumes. As Musas cantaram com voz harmoniosa. Apolo cantou, acompanhando-se com a cítara. Afrodite dançou formosamente. Formou-se uma orquestra em que as musas cantaram em coro. Sátiro tocou flauta, e um pequeno pã soprou a sua flautinha campestre.

E assim foram cumpridos os ritos para as núpcias de Eros e Psiquê, o Amor e a Alma. No devido tempo, nasceu-lhes uma filha que foi chamada Volúpia.

Referências Bibliográficas

APULEIO. *O asno de ouro*. Tradução direta do latim por Ruth Guimarães. São Paulo: Cultrix, 1963/Editora 34, 2020 — Livros IV, V e VI.

BULFINCH, Thomas. *Mitologia geral — A idade da fábula*. Belo Horizonte: Itatiaia, 1962.

CARVALHO, José Rodrigues de. *Cancioneiro do Norte*. 4ª ed. João Pessoa: Conselho Estadual de Cultura, 1967.

CASCUDO, Luís da Câmara. *Contos tradicionais do Brasil*. Rio de Janeiro: Ediouro, 1967.

DESPARMENT, M. *Revue des Traditions Populaires*. 30 Année. Tomo XXX. n. 9-10. Paris, set.–out.. 1915

ESPINOSA, Aurelio M. *Cuentos populares españoles*. Estados Unidos: Stanford University, 1926.

HUET, Gédéon. *Les Contes populaires*. Paris: Ernest Flammarion, 1923.

MARTHA, Manuel Cardoso; PINTO, Augusto. *Folclore do Concelho da Figueira da Foz*. Esposende, Portugal: Typographia de José da Silva Vieira, 1910.

OLIVEIRA, Sebastião de Almeida. *Expressões do populário sertanejo*. São Paulo: Civilização Brasileira, 1940.

PROPP, V. J. *Morfología del cuento*. Traducción del francés de F. Díez Corral. Madri: Akal, 1985.

ROCHA, Sylvio e ANDRADE, Rudá K. de. *Somos todos Sacys* (documentário). Disponibilizado na internet, neste endereço eletrônico: https://vimeo.com/11609651.

SÉBILLOT, Paul. *Le Folklore de France*. Paris: Editions Imago, vol. 1 – 1904, vol. 2 – 1913.

SILVA, Aracy Lopes da. "Mito, razão, história e sociedade: Inter-relações nos universos socioculturais indígenas". In: *Temática Indígena na Escola: Novos Subsídios para Professores de Primeiro e Segundo Graus*. Brasília: MEC/Mari/Unesco, 1995.

Confira outros títulos de Ruth Guimarães

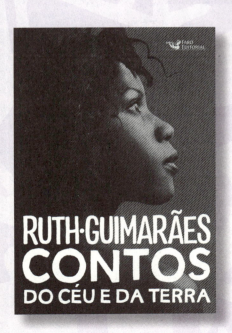

ASSINE NOSSA NEWSLETTER E RECEBA
INFORMAÇÕES DE TODOS OS LANÇAMENTOS

www.faroeditorial.com.br

CAMPANHA

Há um grande número de portadores do vírus HIV e de hepatite que não se trata. Gratuito e sigiloso, fazer o teste de HIV e hepatite é mais rápido do que ler um livro.
FAÇA O TESTE. NÃO FIQUE NA DÚVIDA!

ESTA OBRA FOI IMPRESSA
EM FEVEREIRO DE 2025